5分で驚く！ どんでん返しの物語

『このミステリーがすごい！』編集部 編

宝島社
文庫

宝島社

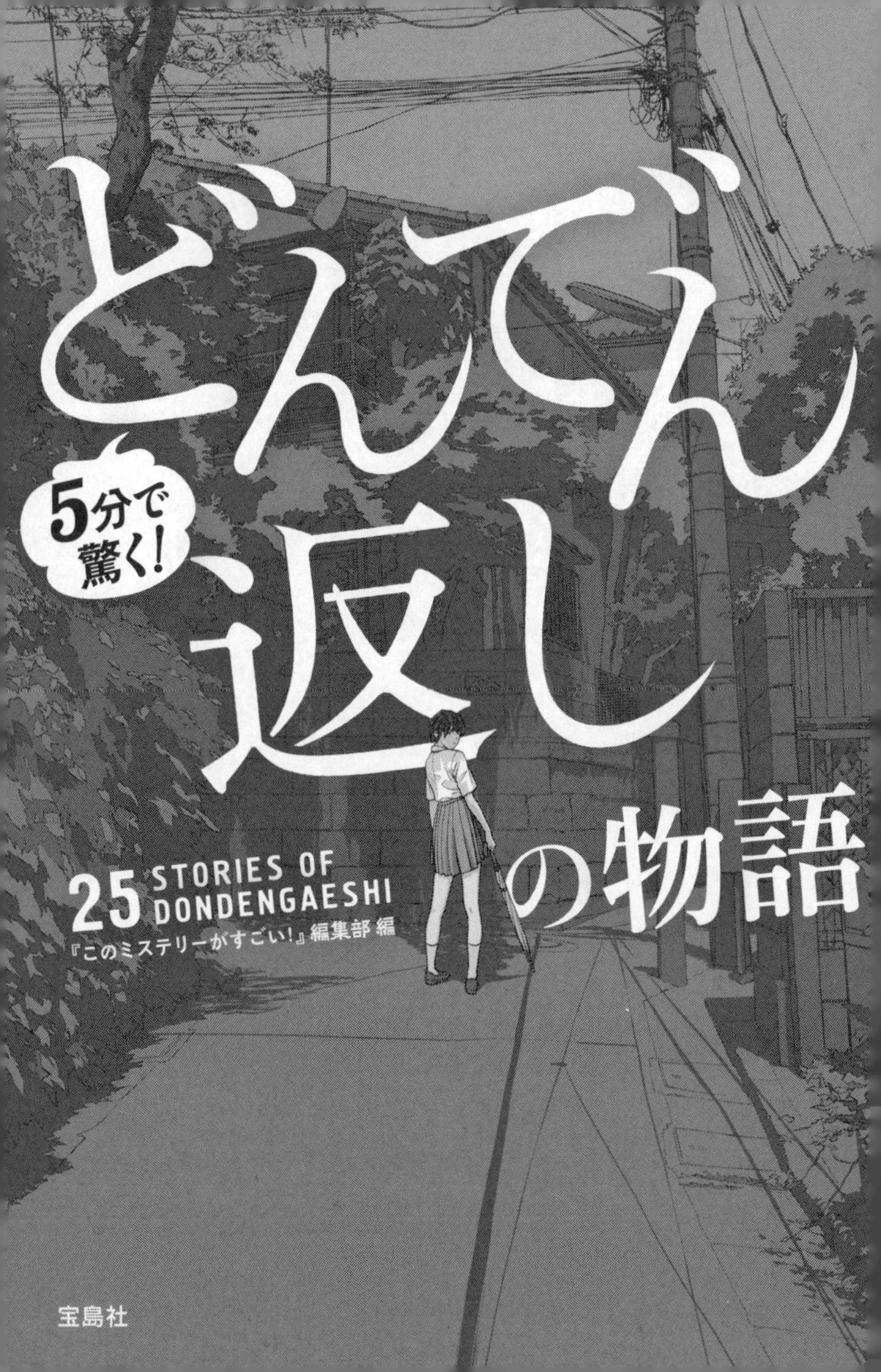
5分で驚く!
どんでん返しの物語
25 STORIES OF DONDENGAESHI
『このミステリーがすごい!』編集部 編
宝島社

5分で驚く!

どんでん返しの物語

［目次］

高級食材に食べ飽きた社長に勧められた食材は……

仙境の晩餐　安生正 ―― 9

彼女と浮気と殺人と

人を殺さば穴みっつ　塔山郁 ―― 19

夜中の寮では明かりを点けてはいけないよ――

断罪の雪　桂修司 ―― 31

貴方好みの人造人間、今なら無料レンタル中!!

アーティフィシャル・ロマンス　島津緒繰 ―― 41

親友からの思わぬ告白
マカロンと女子会　友井羊　51

ガード下、暗がりに棲む男が捉えていたのは——
闇の世界の証言者　深津十一　63

結婚記念日の謎解き
記念日　伽古屋圭市　73

一人息子と定年オヤジ。このオチは読めない！
定年　塔山郁　83

パパと、ママと、みんなで食べた、あたたかいパンは、ここにはない
幸福な食卓　喜多南　93

東京から函館までの車旅、亮平は父親の脳天気な言葉に苛立つが……
ロストハイウェイ　梶永正史　103

ワンボックスカーで旅に出た女三人組に、突如イケメンが加わった!
卒業旅行ジャック　篠原昌裕　113

冬の日、別れの朝。娘と雪だるまの秘密が胸を打つ
雪の轍　佐藤青南　123

ラスト一行が光る!　船上版『邯鄲の夢』
走馬灯流し　逢上央士　133

いつものカフェで、いつものアイツと、初めての乾杯を
パラダイス・カフェ　沢木まひろ　143

僕の大切なうさぎ、かわいそうな小うさぎ
かわいそうなうさぎ　武田綾乃　153

捕虜収容所の雪舞う空に、祖国を想う――
冬空の彼方に　喜多喜久　163

母の真情、娘の真胸《まむね》――歪んだ愛が、庭に咲く
チョウセンアサガオの咲く夏　柚月裕子　173

執念が炙りだした、ある雪の日の真実
白い記憶　安生正　183

消えたプレゼントの哀しい謎
葉桜のタイムカプセル　岡崎琢磨　193

町に出たらサインを求められる。作品を出せば大ヒット。でも、私は憂鬱だった
ある人気作家の憂鬱　島津緒繰　205

子猫を飼う僕のもとにやってきた、勇敢な隣室の黒猫
隣りの黒猫、僕の子猫　堀内公太郎　215

いとおしき老夫婦の愛の行方
柿　友井羊 —— 225

とある男と姪御の悲恋。盛衰の果てにたどり着くのは……？
アンゲリカのクリスマスローズ　中山七里 —— 235

愛情の定義
世界からあなたの笑顔が消えた日　佐藤青南 —— 245

彼と一緒にいられる世がありますように——少女の悲痛な願い
祈り捧げる　林由美子 —— 255

執筆者プロフィール一覧　266

仙境の晩餐　安生正

初出『５分で読める！　ひと駅ストーリー　食の話』（宝島社文庫）

「もう飽きたな」

板倉《いたくら》はメインディッシュの鹿肉を盛りつけた皿の上に、ナイフとフォークを置いた。

広尾《ひろお》で人気のこの店は、シックな木目調の内装でまとめられ、シャンデリアの明りに白いテーブルクロスがよく映《は》える。店の雰囲気は素晴らしいの一言《ひとこと》につきる。料理が気に入らないわけでもない。前菜はサーモンとバジル風味のジャガイモのテリーヌ、スープはシンプルなコンソメドゥーブル、そして肉料理は蝦夷《えぞ》鹿とフォアグラ、トリュフのパイ包み焼きというメニューに文句はない。

ただ……。

「どれもこれも食べ飽きた」

板倉はナプキンで口を拭いた。

向かいの席に座る橋本《はしもと》が困った表情を浮かべて、シャンベルタンが注がれたワイングラスをテーブルに戻した。彼は板倉の取引先の営業部長だ。

「社長のグルメ嗜好は半端《はんぱ》ではありませんね」

「めずらしく、それでいて美味《うま》い料理を食べさせる店がどこかにないかね。金に糸目はつけん」

世界三大珍味といえばトリュフ、キャビア、フォアグラだが、板倉はそんな食材では飽き足らず、海鳥をアザラシの中に詰め込んで発酵させたキビヤック、サルディーニャ島のウジ虫チーズ、猿の脳みそなど、およそ世界中の珍味を食《しょく》してきた。

「社長の願いとあれば、探してみましょう」

「頼む。これは、という料理を出す店を見つけてくれ」

「その代わりと申してはなんですが、もしお気に召して頂けたなら、今度の取引、弊社でお願いできますか」

「約束しよう」

席を立ち、橋本に送られながら店を出た板倉は、迎えのロールスロイスに乗り込んだ。ドアを閉めた橋本が腰までのお辞儀で見送る。

窓の外は、きらびやかな東京の夜景が広がっていた。


一週間が経った。

「橘《たちばな》商事の橋本様です」と秘書が電話を取り次いだ。

(社長、素晴らしい店を見つけました)

興奮した声が抜けてきた。受話器を耳に当てた板倉は胸の高鳴りを覚えた。

「どんな料理だ」

(金陵烤鴨《ジンリンカオヤー》です)

金陵烤鴨？　そんなもの教えられなくとも知っている。金陵烤鴨とは十五世紀の明《みん》の時代、アヒル料理の盛んな南京から伝えられた『烤鴨』に、南京の別称である『金陵』を冠した料理だ。ようするに北京ダックじゃないか。ばかばかしい。

「切るぞ」

（待ってください）と橋本が慌てる。

（この店は、アヒルではなく雷鳥《らいちょう》を使います）「雷鳥だって？　バカを言うな。国の特別天然記念物だぞ。食べるどころか捕獲すら禁じられている」（違法は承知です。だからこそ、北アルプスの山中にある山小屋で、近しい者にだけ雷鳥料理を提供しています）

「北アルプス？　そんな奥地にレストランがあるのか」（はい。店は黒部川の源流にあります。雷鳥が獲れて、かつ人目につかない場所をオーナーが選んだのです）

黒部川の源流と言えば秘境中の秘境じゃないか。おもしろい。板倉は思わず頬がゆるむのを感じた。

「すぐに出かけよう」

（ただ）と橋本が少し言葉を濁す。

（店までは徒歩で行くことになります。指定された登山道を通って、麓《ふもと》から一週間はかかるハードなルートです）「途中に山小屋がいくつもあるだろう」（山小屋には寄れません。夜はすべて持参のテントで寝ます）

「なぜ」（店の要求です。出す方も食べる方も違法行為ですからね。店の存在を知られないためにも、入山してから下山するまでのあいだ、どこにも立ち寄るな、とのことです）

「それはよいとして、私たちは山に入ってからなにを食うんだ」（入山してから到着までの日数を考慮すると、持っていける荷物はかぎられます。食事は携帯食とプロテインになりますが、社長、それで大丈夫ですか）

板倉は今年で五十六歳になる。毎夜の不摂生、移動も社用車という生活ゆえに、中性脂肪、皮下脂肪、コレステロール、余分なものを体に抱え込んでいるから、きびしい道中になるだろう。しかし、この機会を逃す手はない。

「かまわん。行こう」板倉は即断した。

（社長、いいですか。この話はくれぐれも内密に願います。警察に知れたら私たちも共犯になりますよ）そう念を押した橋本が電話を切った。

二週間後、北陸新幹線でJR富山《とやま》駅に着いた二人は、富山地方鉄道と路線バスを乗り継いで、有峰湖《ありみねこ》の東に位置する折立《おりたて》登山口に入った。ここから北アルプスを縦走し、一週間をかけて黒部川の源流を目指す。もちろん、登山計画書は提出しない。

折立を出発した二人は、太郎平《たろうだいら》小屋から薬師沢《やくしざわ》をめざした。店が指定したルートは他の登山者と出会わないように、一般的な登山道を避けていた。そのため、けもの道のごとき怪しげな山道を、時にはとんでもなく迂回《うかい》しながら進むことになる。当然、コースを案内するロープも張られていないので、ハンディGPSで現在地点を確認しなければならない。整備されていない山道は荒れ果て、倒木も目立つ。ぬかるんだ地面に足を取られ、浮き石にバランスを崩す登坂は、想像以上に板倉の体力を奪った。

樹林帯を抜け、森林限界の尾根を縦走する。幾つも谷をくだり、また登る。

出発してから五日目の夜、二人は黒部川の本流とその支流、岩苔小谷《いわごけこだに》に挟まれた標高二千五百メートルの雲ノ平《くものたいら》に到達した。森林限界のハイマツ帯にある溶岩台地は日本最後の秘境と呼ばれる。今夜はここにテントを張る。

「さすがにきついな。それにこの五日間、お湯を注いで作る非常食のご飯とプロテインしか口にしていない」

板倉は疲れた足をさすった。

「最高のダイエットと思ってください。有酸素運動が脂肪を効率よく燃焼させます。しかも、長く運動すると効果がより大きい」

橋本がガスバーナーコンロで夕食の準備を始める。

「ダイエット？」

「そうです。社長はご存じないですか？　脂肪を燃焼させるには脂質は控えますが、炭水化物とタンパク質は必要です。運動の始めには、脂肪燃焼の着火剤として炭水化物がエネルギーとして使われる。さらに、タンパク質は人間の体を作る上で大事な栄養源です。東京でなら納豆や豆腐を食べたいところですが、今はプロテインドリンクで我慢してください」

「ダイエットに炭水化物は大敵だと聞いたぞ」

「運動でダイエットする場合、炭水化物の摂取不足は効果を引きさげます。炭水化物は糖質とも呼ばれ、運動をするために必要なエネルギー源です。これを消化吸収して作られるグリコーゲンがないと体脂肪は燃焼しないのです。また、脳が活動するための唯一のエネルギーも糖質です。糖質が欠乏してくれば、その状態を脳は飢餓状態ととらえ、強い空腹感を示したり、エネルギー消費を抑える方向にはたらきます」

要するに、この苦労もすべては最高の食事にありつく前の節制ということらしい。

橋本が夜空を見あげた。

「今日みたいな星空を眺めながら、禁断の料理をつつく。極上のワインが体中にしみわたる。まさに仙境の晩餐です」

翌朝、二人は雲ノ平を出発した。雲ノ平から高天原《たかまがはら》を経由して水晶岳《すいしょうだけ》を目指す。高瀬川《たかせがわ》と黒部川の急流によって浸食された辺りの山容は険しく、二本の大河が収斂《しゅうれん》する源流一帯には、高峰と峡谷だけで形成された地形が広がっている。

歯を食いしばり、励ましあい、二日をかけて、二人はついに水晶岳の山頂にたどり着いた。日本百名山の山頂からは北アルプスの大部分の山を見渡すことができる。南西に黒部五郎岳《くろべごろうだけ》の圏谷《けんこく》地形と三俣蓮華岳《みつまたれんげだけ》、北に赤牛岳《あかうしだけ》の赤い岩肌と立山《たてやま》連峰、そして足下に黒部源流部が見える。

「ついに来たな」板倉は満足だった。

「あとは沢をおりて、黒部川の源流をさかのぼった先です。体は大丈夫ですか」

「関節は痛むが、体は軽くなった気がするよ」

二人は水晶岳から四時間で黒部渓谷の谷底までくだりきった。そこから黒部川源流奥の廊下を遡行《そこう》する。ひたすらゴロゴロとした岩の川原を歩くので、登山道とは勝手が違う。岩の上を飛んだり、よじ登ったりと、山道とはまるで異なる苦労の連続だ。眼前に立ちはだかる渓谷の岩や崖を一つずつ越えてゆく。辺りは渓谷の崖が川に迫っており、岩の突起につかまりながらつたい歩く。

左岸の岩が後退して、少し広くなった河原に出た。

「見えました」

橋本が指さす先に山小屋が見える。ようやく到着した。

苔《こけ》がむしたログハウスの扉には『浄土庵《じょうどあん》』と書かれている。いったい、雷鳥はどのように調理されるのだろうか。ロースト、煮込み、ファルシ、もしかして刺身？　板倉は思わず唾液《だえき》を飲み込んだ。

　翌日の夕刻、浄土庵の煙突からかまどの煙が立ちのぼっていた。

　二人の男が河原に据えたテーブルで食事の最中だった。一人は白髪混じりの中年で、もう一人はボサボサ頭の若い男だ。

「では、今年最初の雷鳥君を頂くとするか」

　中年男がグラスにワインを注いだ。

「ちょっと餌をまくだけで向こうから飛び込んできてくれる」

　若い男がにやりと笑う。

「色、弾力、臭い。この肉はまあまあだな」

　モモ肉のソテーに手を伸ばした中年男が満足げにうなずいた。

「十五世紀に明の永楽帝《えいらくてい》がアヒル料理の盛んな南京から北京に遷都した頃の話だ。北京郊外で育てたアヒルを店に納めるとき、飼い主は街までアヒルを歩かせた。最後の仕上げとして、自分の足で歩かせて身を引き締め、かつ皮が剝《は》がれやすくするためだ」

　若い男がそぎ切った胸肉のローストをほおばる。

「なんだ、こっちの肉は。まだ脂肪が落ちきってないぞ」

「それぐらい許してやれ。折立から一週間かけてここまで歩いて来たんだぞ」

人を殺さば穴みっつ

塔山郁

初出『「このミステリーがすごい！」大賞10周年記念　10分間ミステリー』（宝島社文庫）

新聞で真由美《まゆみ》が死んだことを知った。

自宅で死んでいるところを発見されたらしい。死体は全裸で、首には絞められた痕が残っていたという。僕はすぐに会社の先輩である山本《やまもと》さんに電話をした。しかし何度かけてもつながらない。ようやく連絡がとれたのは三日後のことだった。

「ひどい目にあったよ」電話に出るなり山本さんは言った。「警察で連日の事情聴取だ。アリバイがあったからよかったけれど、なかったらと思うとぞっとする。冤罪《えんざい》っていうのはこうやってつくられるのかと身にしみてわかったよ」

山本さんはぐったりした様子で話をした。

「離婚話がこじれているさなかに殺されたからって、あの態度はないよ。俺が若い女と再婚したいばかりに、別居中の妻を殺したような言い方をするんだぜ。弁解しても聞いてくれない。まったく頭に来ることこのうえないよ」

「でも疑いが晴れたならよかったじゃないですか」僕はなだめた。

「まあな。でも危ないところだったんだ。真由美が殺されたのは日曜の夕方らしいんだが、昼前に俺は彼女を訪ねていたんだよ」

「昼前？　それは確かにきわどいですね」

「話し合いに応じないから、アポなしでマンションに押しかけたんだ。日曜の午前中なら家にいると思ってね。でも彼女は俺を見るなり怒り出した。そこでひと悶着《もんちゃく》あったのさ。結局まともな話はできずに、早々に引きあげたんだけど、その夕方に彼女は殺されたらしいんだ。その時間、俺は近所の連中と一杯やっていて、それでアリバイが証明されたから解放してもらえたけれど、まったくひどい目にあったよ」

言葉とはうらはらに、次第に山本さんの言葉は上機嫌になっていた。妻が死んだのがよほど嬉しいらしい。

僕は恨めしい気持ちになったので「推理小説なら完璧なアリバイのある人間が一番怪しいということになるんですがね」と言ってやった。

「推理小説なら優秀な探偵が無償で真実をつきとめてくれるさ」山本さんは、まるで気にしないで言葉を返した。

「でもそんな騒ぎを起こしたのなら、疑われるのは当然ですね。もしかしたら玄関先で、別れる、別れないで揉《も》めたんですか？」

「そこまではしてないよ。真由美はいきなりドアをあけたんだ。ジャージの上下に顔はすっぴん。そこで俺だと気づいて逆上したんだよ。だらしない格好を見られたことが、よっぽど悔しかったんだろうな。罵詈雑言《ばりぞうごん》をわめきちらして、それが近所に筒抜けになったのさ。怒鳴るだけ怒鳴ったら引っ込んで、後はいくらチャイムを鳴らしても出てこない。仕方がないからそれで引きあげてきたんだ」

「なるほど。でも山本さんが、近所の人と飲みに行くなんて珍しいですね。たしか近所づきあいが煩わしいって理由で、賃貸マンションに住んでいたんですよね。親の遺産を受け継いで、金はたくさん持っているにもかかわらず」僕は嫌味半分でそう言った。

「昔とは違うよ。近所づきあいもそれなりにはしているさ。もう若くはないからな。それなりに世知にも長《た》けてきたのさ」山本さんはそう言ってから「ところで警察に余計なことは言わなかったから、その点は君に感謝してもらいたいな」と声をひそめて言い足した。

「余計なことって何ですか?」僕は訊《き》いた。

「君が真由美と交際していたという事実だよ。だから警察が君のところに来ることはないはずだ。どうだい。ほっとしただろう?」

「やめてください!」僕はびっくりした。「それは違います。勘違いですよ」

「隠さなくていいよ。最近、君たちがこっそり連絡を取り合っていることは知っているんだ。たしか真由美と君は同期入社だったんだよな。今まで、君の顔を立てるために見て見ぬふりをしてきたんだが、もう隠さなくてもいいよ。君だって真由美の独善的な性格にはうんざりしていたんだろう? 浮気を本気にされて鬱陶しくなった。それで殺したということじゃないのかい?」

「とんでもない。僕たちはそういう関係じゃないですよ。あなたが若い女のところに入り浸って戻って来ない。どうしたらいいかって相談を受けていただけです」

「信じられないな」山本さんは言った。「でも君じゃないとすると犯人は誰だろう。やっぱり行きずりの強盗か変質者の仕業かな」

「そういう痕跡があったんですか。強盗や変質者の犯行だというような」

「後頭部にぶつけたような傷があったそうだが、乱暴された痕はなかったようだ。部屋も荒らされてはいなかったらしい。服や下着がそばに散乱していたが、破かれたり、乱暴に脱がされた痕跡はないそうだ。そういう理由もあって、俺が最初に疑われたんだよ」

「犯人はどうしてそんなことを？」

「知らないよ。俺は犯人じゃないからな。その時間に慌ててマンションを出て行った男の目撃情報があったそうだ。だから警察は俺を疑ったし、俺は君を犯人だと睨《にら》んだわけだ」

それから山本さんは、ああ、もうこんな時間か、と疲れたような声を出した。

「明日は真由美の実家がある九州まで行かなければいけないんだ。彼女の親族に会うことを思うと気が重いよ。そういう理由だから、これで切らせてもらう。君が犯人なら礼を言おうと思ったんだが、違うなら必要ないな。それじゃあ、またな」山本さんは電話を切った。

翌日、僕は山本さんの自宅を訪ねた。インターホンを鳴らすと、若い女の声で返事があった。思った通りだ。声の主は去年入社したばかりの菜々子《ななこ》だった。

「やっぱり君だったか。まさか二十も年上の男と同棲しているとはな」

僕があきれた声を出すと、菜々子は鼻を鳴らした。「余計なお世話よ」

「中高年が好きなのか？」

「まさか。お金のためよ。それ以外には理由があるはずないでしょう」

「そんな女だとは思わなかった」

「何言ってるの。彼の奥さんだって同じよ。ごねれば慰謝料を吊《つ》り上げられると思って離婚に応じなかったんだから」

「それで殺したのか？」

「えっ」

「君が真由美を殺したんだろう？　こっそり忍び入って全裸で倒れている真由美の首を絞めたんだ」

菜々子は青くなった。しかし目だけは鋭く僕を睨みつけている。「証拠はあるの？」

「ないよ。でもその返事で確信した。君が部屋に入った時、真由美は裸で倒れていたんだろう？　息はあった。それでチャンスとばかりにとどめを刺した。どうだい？この推理は間違っているかな」

「どうしてあなたにそんなことがわかるの」菜々子はあえぐように言った。

「答えは簡単さ。彼女が殺される直前、僕があの部屋にいたんだ。真由美は僕を呼びつけて誘惑しようとした。自分で服を脱いで迫ってきたんだよ。でも僕にその気はない。しかしいくら言っても聞かないんだ。ついには僕を押し倒そうとする始末だ。だから突き飛ばして逃げてきた。頭を打って脳震盪《のうしんとう》を起こしたことには気づいていたけれど、面倒だからそのままにした。火曜日に新聞を見て驚いたよ。彼女が死体で発見されたというんだからね。首に絞められた痕があるという。殺したのは僕じゃない。山本さんの犯行かと思ったけれど、彼にはアリバイがあるらしい。真由美が死んで得をする人間は、山本さんの恋人以外には思いつかなかった。だから真実を突き止めようと訪ねてきたんだよ。山本さんがいない夜を選んでね」

「殺すつもりはなかったのよ」菜々子は弁解した。「話をしたかっただけなの。でも家を訪ねたら玄関の鍵が開いていて、中に入ったら彼女が裸で倒れていたの。それでたまたま持っていたネクタイを首に巻きつけて――」

「どうしてネクタイなんかを持ち歩いているんだよ。殺すつもりで部屋に行ったんじゃないのか？」

「たまたまよ！　私が悪いんじゃないわ！　彼女を気絶させて逃げたあなたが悪いのよ！」菜々子は叫んだ。

「お得意の責任転嫁が出たね。でも取り乱さないでいいよ。君を告発するために来たんじゃない。善後策を話し合うために来たんだ」

「善後策？」菜々子は僕を睨んだ。

「僕が逃げるところを誰かに見られたらしいんだ。警察はそのうちに僕のもとに来るかもしれない。殺したわけじゃないけれど、事件にかかわっていることが知れたら面倒だ。会社をクビになる可能性もある。だからお互いのアリバイを証明し合わないかと相談に来たんだよ。日曜の夜、僕たちは一緒にいた。そう主張すれば警察の捜査をかわせる。どうかな。昔つき合っていたよしみで協力しないか？」

「言い逃れができなくなれば、私が殺したって警察に言うつもり？」

「当然だろう。僕は殺していないんだから」

菜々子は眉をひそめて考え込んだ。「でも山本に知れると厄介だわ」

「彼は僕たちが昔つき合っていたことを知らないのか？」

「言ってないわ。彼は鈍いから、結婚前にあの女があなたとつき合っていたことだって気づいていないわよ」

「やれやれ」僕はため息をついた。「それなのに最近の僕と真由美の仲は疑っていたのか。いい年をしてヒラだけのことはあるよ。親が取引先の社長だったって噂《うわさ》は本当らしいな。鈍すぎる。そりゃあ、女房の悪だくみにも気づかないはずだよな」

「悪だくみってなんのこと？」

「山本さんを殺してくれと頼まれたんだ。そうすれば遺産が手に入る。お礼をするからなんとかしてくれと言われたんだ」

「なんですって！　あの女そんなことを！」

歯ぎしりをする菜々子に僕は提案した。

「じゃあ、こういう風にしたらどうかな。僕が一方的に好意を抱いて、君に求愛していた。困った君は、僕を呼び出して山本さんとつき合っている事実を告白した。諦めのいい僕は納得して一件落着。それなら君にやましいことは何もない」

「あなたの本当の目的はなに？　お金？」菜々子は探るような目で僕を見た。

僕は告白した。「まとまった金が必要なんだよ。すぐにじゃなくてもいい。君が玉の輿《こし》に乗った暁で構わない。ちょっと投資に失敗してね。実を言うと、真由美に相談したんだ。そうしたら山本さんを殺さないかって話を持ちかけられてさ。それでこんなことになっちまったんだよ」

しばらく考えてから菜々子は、にっこりと笑った。「わかった。あなたの提案に乗るわ。それでいきましょう」

僕は、ほっと胸を撫でおろした。

＊＊＊＊

「大変だ！　ニュースを見ろよ！」起き抜けにいきなり山本が大声を出した。「——が自殺したぞ。飛び降りだ。知り合いの女性を殺したことをほのめかす遺書と、犯行に使ったネクタイが残されていたってさ。やっぱりあいつが真由美を殺したんだ——！　畜生！　とぼけやがって！」

「大声を出さないで！　昨日は遅かったんだから、もうちょっと寝かせてよ」興奮してわめき散らす山本に不機嫌そうに返事をすると、菜々子は布団を頭からかぶって横を向いた。

そして考えた。二人目も露見しなければ、三人目もいけるかも。まあ、どちらにしてもこの馬鹿と結婚した後の話だけど——。

断罪の雪　桂修司

初出『５分で読める！　ひと駅ストーリー　冬の記憶・西口編』（宝島社文庫）

研修医は一年でめざましく成長する。

採血ひとつにもびくびくしていた春、緊張と疲労がピークに達する夏、やっと責任感の出てくる秋が過ぎ、若干の自信と余裕が出てくるのが冬だ。

——三宝《さんぼう》病院はひどい病院だ。救急部には鬼がいる。

次の研修先のそんなうわさを聞いても、どんな指導医だろうと楽しみに思う余裕が中川《なかがわ》にはあった。大事なことは何を教わるかではなく、何を学び取るかである。

だが、そんな中川でも、もうひとつのうわさは聞き流せなかった。

『いいか、おまえに警告をしておく。仕事が遅くなって夜中に官舎に帰るときがあるだろう。その夜は決して明かりを点《つ》けるな。古めかしい云い方だが、戦時下の空襲警報みたいに息を潜《ひそ》めて隠れていろ。そのまま寝るんだ』

三年上の先輩は意味深なことを言い、中川は少し不安になった。

理由を知りたいか、と聞かれたが、行けば分かることですから、と強がってしまい、そのまま聞かずじまいになった。

実際に赴任《ふにん》してみると、なるほど、うわさ通りの野戦病院であった。

背景となる都市人口は四十万。三次救急まで対応する救急病院はもうひとつあるが、それでも一時間に一台のペースで救急車が来院する。救急車とは別に、二十分にひとりのペースで歩いて患者が来院する。軽い胃腸炎から不安神経症、アルコール中毒にリストカット、果ては脳梗塞《こうそく》や大動脈解離《かいり》。

立て続けに来る救急車。阿鼻叫喚《あびきょうかん》、混迷の外来処置室。あまりのハイペースに最初の一週間こそ戸惑ったが、それでもだんだんと慣れていった。

できるようになるのではない。ただ慣れてしまうのだ。麻痺とも言う。研修医がひとりで診《み》ることはなく、常に指導医であり救急医でもある大塚《おおつか》と診療に当たる。てきぱきと心肺蘇生をしたり検査の指示を出す上級医の足元で、せっせと点滴を入れたり採血をしたり、自分にできることを黙々とやっていく。その作業過程に慣れていく。

実際の戦場と同じだろう。戦場全体でどれほどの弾丸が飛び交い、どこで何人死のうとも、個々の兵士ができることは限られている。目の前の銃に弾を詰めたり、構えてみたり、上官の指示通り撃ったりするだけである。膨大な情報の氾濫《はんらん》にも慣れる。

――こんなものか。

一週間もすると思うようになった。それでつい軽口を叩いた。

「三宝病院の救急って、もっときついのかと思っていました」

その時、たまたま患者が途切れ、救急外来には中川の他にひとりしかいなかった。手持ちぶさたな看護師が点滴や心電図の整備をしていた。

中川の不遜《ふそん》な発言を聞いたベテラン看護師は、あららと苦笑いした。中川の母親くらいの年齢のその看護師は、酸素ボンベの残量を確認しながら答えた。

「三年前まで、この二倍の救急車が来ていたんです。今は大塚先生がどんどん断っていますから」

中川はびっくりした。実際の救急要請は、受けている患者の二倍あるのだ。

「大塚先生がいまの二倍も診ていたんですか」

素朴な疑問を口にした。

まさか、と看護師は微笑んだ。「大塚先生は今と同じですよ。今より頑張りようがないでしょう」その手はあいかわらず、酸素ボンベのグリップを磨いていた。

それはそうだろう。大塚は優秀だが、それでも現在の患者数でめいっぱいだ。ではどうやってと思ったが、看護師はそれ以上その話をしなかった。

「ここの先生は、なぜ鬼と呼ばれているのですか」

以前からの疑問を口にする。この看護師なら、答えてくれそうな気がした。

実際のところ、大塚は鬼ではなかった。

患者思いの情熱みなぎる医師だった。どれほど忙しくても患者には懇切丁寧《こんせつていねい》であり、研修医相手にも口こそ悪いが熱心に指導してくれた。救急や外科のような体育会系の診療科では『俺の背を見て勝手に覚えろ』を地でいくようなところが今でもあるが、大塚に限ってはそうではなく、基礎的な部分からしっかり教えてくれた。

名医と言って良い。——ただし、ひとつだけ、大塚には気になることがあった。

「ここの先生たちが鬼ですって？　誰がそんなひどいことを」

看護師は顔をしかめた。どこか悲しげであった。彼女の顔に表れた変化があまりに大きかったので、中川は言葉の接ぎ穂を失った。

「大塚先生は鬼ではありませんよ」看護師は唇をかみしめた。「たしかにあの人は助からなかったけれど。——良い先生でしたよ。患者思いの、とても良い先生でした」


大塚の元には、ときどき奇妙な電話がかかってくる。そのことに気づいたのは、研修が始まって二週間目だった。

救急医である大塚は、院内PHSを肌身離さず持っていて、膨大な数の電話を処理している。多くは救急隊や他病院からだったが、ときには患者からの電話もあった。

その中に、問題の電話は隠れていた。中川も今では分かる。

その電話は、患者がたまって極端に忙しいときにかかってくる。気がつけば、大塚が電話に向かって叫んでいるのを発見するのだ。

そんなときにはいつも、救急部内にひやりとした風が吹く。背がゾクゾクする。

救急隊員も看護師も、誰もが大塚を見ようとしない。どんな患者が来るんですか、とも聞かない。まるで大塚が存在しないかのように扱うのだ。

『またお前か。いい加減にしろ』

ふだん穏やかな大塚が声を荒げる。

内容を聞かれたくないのだろう、たいていはＰＨＳに耳を当てたまま人気《ひとけ》のないほうへ行ってしまう。だが中川は、ある日一回だけ盗み聞きに成功した。

救急外来は一診から四診まで、薄いコンパートメントで仕切られているが、その時の大塚は、中川が隣にいることに気づいていなかった。

『あれは潰れていた。血が通っていなかった。根元から切る以外しょうがなかった』

やましさを感じていたが、漏れ聞こえてくる言葉に興奮した。

『あの日はホワイト・クリスマスで急患が多かった。路面も凍っていた。――そう、整形外科医もいなかった。猫の手も借りたい状態だった。俺だってやりたくてやったわけじゃないし、お前だって事故に遭《あ》いたくて遭ったわけじゃない』

誰かに責められているようだ。必死で耳をそばだてたが、暖房のブーンという音と大塚の鼻息ばかりが聞こえた。

『俺が悪かった。病院には来なくていい。いや、来るな』

大塚は電話を切ったようだ。しばらくは鼻息荒く、やがてすすり泣きに変わった。やがて椅子を引く音が聞こえ、どこかへと行った。

中川は息を潜めていたが、最後まで気づかれなかった。

大塚の足音が聞こえなくなると、やっと安心した。それから、深く同情した。鬼と言われるゆえんを見た。足を切断したのだ。事故か壊疽《えそ》か凍傷か、それはわからない。だが救急医としての判断であろう。切らないでと泣きすがる患者を制し、無慈悲に落としたのだ。一本が十二キロのその肉塊を根元から。そして恨まれている。

胸がムカムカした。しかし、しょうがないではないかと思う。翻《ひるがえ》って考えるに、自分が同じ状況でもやれるだろうか。やらねばならないだろうが、まだその自信がなかった。もっと謙虚にならねばと猛省する。大塚への畏敬の念さえ抱いた。


救急部の勤務は二交代になっており、研修医については週に四十時間とされていたが、あまり守られていなかった。あてがわれた官舎は、交通量の多い幹線道路をはさんで病院の向かいにあった。病院附属の看護学校を改装した築五十年の洋風建築で、天井の高いエントランスにはナイチンゲール誓詞《せいし》とともにナースキャップをかぶった等身大の人形が展示されており、しかもその瞳が青いのがいかにも時代がかっていた。部屋も狭くて辛気《しんき》くさく、あまり帰る気になれなかった。

時に急患がたて込み、夕方五時までの勤務が十時や十一時まで延びた。先輩からのアドバイスが気になっていたが、部屋の明かりをつけないわけにはいかなかった。『空襲警報中のように息を潜め、明かりを消せ』。

果たして先輩は、何から身を隠していたのだろう。

予備知識のため、最初のうちこそ、夜中の自室が不気味に感じられることもあったのだが、やがて気にならなくなった。急変が重なったときには脳内麻薬が分泌されるのか、なかなか寝付けず、本を読んだり音楽を聴いたりして夜を過ごした。

研修期間の終わり、年の瀬迫る吹雪の夜に、腹痛の患者が歩いてやって来た。ちょうど心肺停止の患者も来ており、大塚はそちらで手が離せなかった。患者の訴えは強く、状況は切羽詰まっている。やむなく中川は電子カルテを開き、自分にできることはないかと探した。

あっと声を上げそうになった。患者は去年のクリスマスに凍傷で足を切断した患者だった。あれほどのクレーマーが、こうして普通に受診していることに驚いた。

ベッドに寝かせ、診察のためにズボンとベルトを緩《ゆる》めると、右足は確かに義足であった。患者は、ここが痛いんです、と腹をさすった。おっかなびっくり触診すると、右下腹部に限局する圧痛点がある。初期の虫垂炎《ちゅうすいえん》かもしれない、と思った。

誰が忘れたのか、救急外来の窓は開け放しで冷たい風が吹き込んできたが、それでも例の電話のときの、ぞくぞくする感じはなかった。

中川が戸惑っていると、大塚が肩をゆらし、どかどかと歩いてきた。必死の心肺蘇生の後だからだろう、額は汗まみれで背中からは白い湯気がのぼっている。

「こっちはだめだった。そっちはどうだ」

中川は思わず、患者と大塚を見比べた。患者は大塚を認めると、ぺこりとお辞儀し、先生、またお世話になります、と言った。大塚は黙ってうなずいた。

中川がどうして良いか分からず立ちすくんでいると、突然大塚が叫んだ。

「ええい、こんなときに」大塚がＰＨＳに出る。『お前はもう来なくていいんだよ』

ひとりがなり立てている。看護師はそっと眼を伏せた。寒気がして、中川は窓から外を見た。暗い空から雪が舞っていた。この分では積もるだろう。向かいに官舎が見えた。消し忘れたのだろう、中川の部屋の明かりがちかちかと点滅していた。

『死ぬのは俺ひとりでいいんだよ。来なくていい。もう部屋の明かりが点いていても夜中に呼び出したりしない。非番の夜に呼ばない。夜は寝てくれよ』

患者が不思議そうに、大塚先生、その電話、スイッチ入っていませんよと言った。

改めて見て愕然《がくぜん》とした。たしかに、大塚のＰＨＳは電源が入っていなかった。

「中川先生は身体に気をつけてくださいね」看護師がすすり泣く。

やっと分かった。――熱心な救急医。限界を超えた受け入れ。そして去年のクリスマスに交通事故で死んだのは患者ではなかった。その良心の呵責《かしやく》が大塚を蝕《むしば》んでいる。

中川は患者に背を向け、もうこの男は助からないだろうと思った。

アーティフィシャル・ロマンス

島津緒繰

初出『５分で読める！　ひと駅ストーリー　冬の記憶・東口編』（宝島社文庫）

人造人間を無料でプレゼントします、というチラシを見つけたアキラは心が躍った。人造人間の開発に成功し商品化されてずいぶん経ったいまでも、庶民に手が届く値段にはほど遠かった。理想の恋人は〝探す〟のではなく〝買う〟時代に、なんてＣＭをたまに見るけれど、実際に買えるのは大金持ちだけで、一般家庭に生まれた高校二年のアキラには縁のない話だった。

アキラはチラシを握りしめて、リビングでビデオを見ていた母に相談を持ちかけた。

「母さん、人造人間をタダでくれるんだって」

「それ、くれるんじゃなくて、貸してくれるだけらしいわよ」

よくチラシを見ると、確かに冬の間だけ無料で試用できると書いてあった。

「それでもいいよ。俺、借りてこようと思うんだ」

母はテレビから目を離すと少し驚いた顔をしてアキラを見た。テレビにはランドセルを背負った幼いアキラが映っていた。小学校の入学式のときの映像だった。母は暇なときは大抵アキラの昔の映像を眺めていた。ホームビデオは母の趣味だった。

「いったい何に使うの」

「何に使うって、その、あれだよ。恋人がほしいんだ」

アキラは顔を赤くしながら言った。

「この前テレビで買った人が紹介されていてさ、俺も欲しいんだ」

「そう……アキラもそんな歳《とし》なのよね……」

母はしばらく悩んでいたが、やがて人造人間を借りることを許可してくれた。

冬休み中だったアキラは翌日、人造人間を製造している医療機器メーカーを訪れた。

小さな個室に通されたアキラは、白衣を着た研究者風の若い女性に膨大な量の質問をされた。

「クローンとオリジナル、どちらのサンプルを希望されますか」

「クローンって何ですか」

パソコンの画面から目を離さずに言う女性に向かって、アキラは聞いた。

「好きなアイドルとか、クラスの気になる女子など、完全なコピーはできませんがそっくりに作ることができます。すでに亡くなってしまった人間のコピーを希望されるお客様もおられます」

「そういうのはとくにいないので、オリジナルでお願いします」

「オリジナルですね。では外見から。ご希望の年齢、身長、体重、スリーサイズ、肌の色、目、鼻、口の形と大きさ、髪の色、髪の長さなどはございますか」

「うわっ、大変ですね。何も考えてなかった」

「漠然とした好みでも結構ですよ。美人系、可愛い系、幼女系、ドS系などなど」

「……じゃあ……同い年ぐらいの可愛い系で」

「次は性格等を設定します。ツンデレ、クール、ボーイッシュ、天然、わがまま、清純など、他にご希望の性格はございますか」

「優しい人なら何でもいいです。普通で」

「わかりました。では次の質問です。彼女には偽の記憶を与えますか　例えば、初恋の相手だったとか、告白したのは彼女からとか、要するに過去を捏造するわけです。記憶付きの彼女はお客様に大変好評でして」

「一から関係を築きたいんですけれど……」

「ええ、構いませんよ。苦労されるかもしれませんが……これで質問は終わりました何か質問はございますか」

「あの、本当に無料で貸して貰えるんですか」

「もちろん無料ですのでご心配なく。我が社は長らく業績不振に陥っていましたが、人造人間の無料レンタルを始めてからは驚くほど売上が伸びています。どんなによい製品でも知らなければ買えませんからねえ。もう一体ほど追加でどうです」

それまで無表情だった女性がアキラに向けてニッコリと微笑んだ。

「最後に一言。今回貸し出しますサンプルは、大変安価な細胞で構成されています。突然変異が起こりやすく、紫外線の蓄積は癌細胞発生の要因となります。よって試用期間は二月末日までとさせていただきます。よろしいですね」

後日、人造人間はアキラの家に届けられた。というか、自分で歩いてやってきた。裸などではなく、ちゃんと年相応の女の子がするような冬の装いで。長い黒髪が綺麗な可愛い女の子だった。

「今日からアキラ君の彼女になりましたサクラです。よろしくお願いします」

機械的な響きなどまったくしなかった。女の子の肉声だった。サクラというのは質問されたときに適当にアキラが付けた名前である。

差し出された手を握ったアキラは、彼女の体温と皮膚の柔らかさを確認した。これはモノではなく生き物だった。もう少し作り物めいた女の子を想像していたアキラは、人間の女の子と向き合ったときと同じような緊張を強いられた。

「ここがサクラの部屋だよ」

「ありがとうございます」

アキラは用意していた空き部屋にサクラを案内した。

ベッドは寝るところであるとか、ドアはノブを回せば開くとか赤ん坊に聞かせるように説明したが、一般常識は完璧に理解していた。外見も内面も普通の高校生と何ら変わらなかった。ただ、アキラの母と挨拶した後は何だか様子がおかしかった。

「サクラちゃん、困っていることがあったら何でも言ってね」

「ありがとうございます。お世話になります」

「アキラ、よかったわね」

母は、そう言ってアキラを愛《いと》おしそうに見つめていた。

「早く出て行ってくれよ」

母の愛情はありがたかったが、いい加減子離れしてほしいとアキラは思っていた。

母が部屋から去った後、サクラに質問された。

「あの方がアキラ君のお母さんですか」

「そうだよ」

「アキラ君はお母さんがいるので、アキラ君は息子なんですね」

「それがどうかした」

「……私にはお母さんがいないので、母と息子というものがよくわからないんです」

「サクラは自分がどうやって生まれたか知ってるの」

「知っています。記憶が与えられなかった者には、自分が人造人間であることを知らされます。ですが、私は何なのでしょう。私は娘だったことがありません。人間は誰だって息子か娘になれるのに。人造人間とは何なのですか。私は自分がアキラ君の彼女だということしか知らないのです」

寂しそうに語るサクラを見ると、アキラは無性に彼女を守りたくなってきた。

「サクラも記憶が欲しかったのか」

記憶を彼女に与えることを勧めてきた医療機器メーカーの女性のことを思い出すアキラだった。

確かに記憶がないと不便だった。

サクラが記憶がないことに苦しむのであれば、それは自分のせいだった。

「記憶《思い出》が欲しいです」

「記憶《思い出》ならこれから作ろう。サクラは俺の彼女なんだ。サクラは何も心配しなくていいんだ」

アキラはサクラをそっと抱きしめた。まるで本当の恋人同士のように。

夕食のとき、サクラは「どうぞ」言ってアキラにごはんを食べさせてくれた。

付き合いだしたカップルのよくある光景だった。

人造人間との交際だというのに、母は偏見など持たず静かに見守ってくれていた。

人造人間と交友を結ぶ者はいまだに社会から白い目で見られる傾向にあった。

でもアキラと母は知っていた。人間と人造人間の違いなんて微々たるものであるということを。愛おしいと思える人が作り物かそうでないかなど、関係がなかった。

アキラとサクラと母は幸せだった。

サクラとの楽しい日々は瞬《また》く間に過ぎていき、とうとう別れのときがやってきた。

玄関に白衣の女性が現れたのを見て、アキラは必死になって尋ねた。

「俺、サクラを本当に好きになってしまったんです。サクラを連れて行かないでください」

「サンプルの記憶はセーブされ、製品版をご購入の際にロードすることができます」

「いくらですか、製品版」

「五百万円からご用意しております」

「払えるわけないじゃないですか。お願いします。サクラを連れて行かないでください」

「あと数日で皮膚の癌化が加速し、見るに堪《た》えない姿になります。ご了承ください」

名残惜しそうに涙を浮かべていたサクラの手を、女性は強く握った。それと同時に、女性はアキラの手も握ろうとした。気付けば母が床に座り込んで号泣していた。

「ごめんなさい、アキラ。私、寂しかったのよ。もう一度あなたに会いたかったの」

アキラは女性に手を握られているわけを悟って、背筋がぞっとした。

「本当のアキラは、交通事故で三年前に亡くなったのよ。私、寂しかったの」

「ふざけるな！　俺は人間だ！　思い出だってちゃんとあるんだ。小学校の入学式で俺は母さんから離れたくなくてずっと泣いていた。最後におねしょをしたのは小学二年の夏休みだ。小学四年のとき犬に足を噛まれて以来、俺は動物が嫌いになった。俺はインフルエンザに罹《かか》ったせいで小学校の修学旅行には行っていない。あのとき母さんはずっと俺を慰めていてくれた。俺が人造人間だなんて何かの間違いだ！」

「母さんがお願いしてね、アキラに記憶を与えてもらったの。母さん、きっとお金を貯めて、アキラを取り戻しにいくわ。また会えるわよ」

アキラは女性の手を振りほどいて暴れ始めた。

女性が端末を取り出して操作し始めると、アキラは急に大人しくなった。

記憶が消去されたのだった。

「それでは、ご利用ありがとうございました」


女性が運転する車の後部座席に、アキラとサクラは二人して座っていた。

「アキラ君……」

サクラは心配そうにアキラを見つめていた。

虚《うつ》ろな目をしたアキラは何も答えず、流れていく窓の外の景色をただ眺めるだけだった。

雪化粧した街は、どこを見渡しても真っ白で美しかった。

マカロンと女子会　友井羊

初出『もっとすごい！　10分間ミステリー』（宝島社文庫）

女子会しようよ、なんて冗談みたいな誘いを受けて出かけると、ゆっこは緑がたっぷりのウッドデッキで手を振っていた。テーブルにはティーセットが用意されていて、カップに注ぐと紅茶の香りが広がった。

「いいところね。こんな場所があったんだ」

「ちょっと高いけど、ゆっくり出来るんだ。あっ、このマカロン、超かわいい！」

色とりどりのマカロンを見て、ゆっこはつけまつげのついた目を丸くさせる。出会った時と同じ、小鳥みたいに甲高い声だった。

「でも私たちの年で女子会って、あらためて口に出すとけっこう照れるね」

「えー、アラフォーとかアラフィフも女子会やってんじゃん。あたしたちも余裕だって。トキメキがあれば女子なんだって」

思わずお茶を噴き出しそうになる。

「旦那さんにときめくってこと？　焼けるね」

「あれにトキメクなんてありえないし！」

ゆっこが大げさに手を振ると、左手の薬指で指輪が輝いた。ゆっこの明るさは、いつだって場を華やかにさせる。それは初めて出会った十代の頃から変わらない。

あたしたち、何もかも正反対だね。

鏡あわせで向かい合い、二人で無邪気に笑った。今日まで関係が続いたことを奇跡と思えるほど、私たちは何もかも違っていた。

「つーか、さっちーが旦那さんって呼ぶのおかしいから。あいつとさっちーは幼馴染《おさななじ》みなんだし、呼び捨てでいいじゃん」

「そうはいかないよ。あいつはゆっこのものなんだから」

「真面目だね。あたし、さっちーのそういうところに前からムカついてたんだ」

「えっ」

何を言われたのか、よく聞きとれなかった。

「ごめん、もう一度言ってもらえるかな」

「やだ、耳が遠くなったんじゃない？　ムカつくって言ったんだよ」

突然の暴言に、私は茫然とする。

「何か、気を悪くさせるようなことしたかな」

ゆっこは皿に盛られたマカロンを美味《おい》しそうに口に含む。マカロンフランボワーズは、おとぎ話のお姫様のドレスみたいなピンク色をしていた。

「ほんと、さっちーはお行儀がいいね。前から言おうと思ってたんだけどさ。初めて会った時から、あんたのことが気に入らなかったんだ」

かつて私は母と一緒に、東京から田舎の町へ引っ越した。ゆっことは、そこで出会った。ゆっこは愛らしい笑顔でみんなを虜《とりこ》にしていた。不細工で暗い私とは正反対の女の子だ。学校を卒業する直前に、私は東京へ帰ることになる。ゆっこと過ごしたその時間は大切な宝物だった。

「お上品な澄まし顔で、私は特別です、ってカンジ振りまいてたじゃん。家はほんと金持ちだし。サイアクだったから、みんなに命令してイジメさせたんだよ」

息が詰まりそうになる。あの頃のことは鮮明に思い出せる。転校した直後、私はクラス中から無視された。靴を隠され、お手洗いの個室で水をかけられたこともある。

そんな私にゆっこが手を差し伸べてくれた。泣いている私に声をかけ、励ましてくれた。それがきっかけで仲良くなったのだ。あのイジメがゆっこの仕業だったなんて信じられない。

「家へ遊びに行った時、将来の夢を打ち明けあったよね。あたしは会社でばりばり働くことだったけど、あんたは『愛する人といつまでも一緒にいたい』だった。根がお嬢様だから、夢見がちなんだよね。マジありえないわ」

私は震える指でマカロンカフェをつまんで、一口かじる。ほろりと崩れた後、コーヒーの苦さが舌に広がった。どうしてゆっこは、急にこんなことを言い出すのだろう。

「勉強だって、わざわざ家庭教師なんて雇ってさ。そういう恵まれているところが鼻についたんだ。あんたはずっと、そんな風に楽して生きてきたのよ」

ゆっこは鮮やかな緑色をしたマカロンピスターシュを口に放り込む。「おいしー」と喜ぶ彼女に、私は思わず反論をしていた。

「そんなことない。私だってがんばってたよ。親が厳しくて、いつも勉強しろって」

「それが甘えてるって言ってんだよ！」

急に怒鳴られ、言葉は喉の奥に引っ込んだ。

「がんばれることがどれだけ恵まれているか、考えたことある？　あたしはがんばれなかったよ。酒を呑《の》んで暴れる父とか、無駄遣いする母の借金とかに邪魔されるの。夢を見る余裕なんて物心ついた時から、なかった」

ゆっこが恵まれない家庭だとはわかっていた。だけどそんな想いを抱いていたなんて、ちっとも知らなかった。

「あたしだって最初はがんばろうとしたよ。でも学校へ行く前に働いて、放課後も家事に追われて、その後寝ないで勉強しても全然追いつけないの。それでも努力が足りなかったのかな。それってあたしのせいなのかな」

ゆっこの言う通りなのかもしれない。私は家事も労働も必要なかった。わからないことは家庭教師に教えてもらえた。きっと私は与えられることに無自覚だったのだ。

「だからあたしは、笑うことにしたんだ」

ゆっこは満面の笑みを浮かべる。多くの人を幸せにさせる、いつもの笑顔だった。

「男に媚《こ》びを売る馬鹿《ばか》女だと思ってたでしょ。正解よ。他に生きる方法がなかったんだから」

「そんなことない」

私はめいっぱい首を横に振る。馬鹿みたいなんて思ったこと、一度もない。ゆっこは笑顔のまま、私に酷薄な視線を向けてくる。

「まさか上京した後に、あんたと再会するなんて思ってなかった。しかも大学でお勉強してるなんて、世の中不公平だよね。あたしは必死に毎日働いてたのにさ」

ゆっこは学校卒業を機に東京へやってきて、人気の喫茶店で働いていた。潑剌《はつらつ》とホールを動き回る姿は輝いていた。可憐な笑顔はみんなから愛され、ゆっこ目当てのお客さんで店は繁盛していた。

「あの時ゆっこは、お仕事をがんばってたわ。かっこよくて、私、憧れてたんだよ」

「あんなの誰にでも出来る。本当にしたかったのは、あんたみたいに頭を使う仕事だった」

私は大学を卒業した後、父の伝手《つて》で商社に勤めた。それはゆっこが夢見た仕事だ。

ゆっこは冷たい笑みを浮かべる。

「あたしと再会した時くらいから、あんたは化粧とファッションを覚えはじめたよね。

だんだん綺麗《きれい》になりはじめて……、吐きそうになるくらい怖かった。あんたになくて、あたしだけにあるものは、見た目だけだったから」

ゆっこは紅色をしたマカロンローズを指でつまむ。だけど力がこもっていたせいで、つややかな表面が崩れてへこんだ。

「そんな折りに、あんたはあたしに幼馴染みを紹介した。誠実で精悍《せいかん》で、魅力的な男性だった。一目見てわかった。あんたが綺麗になっていったのは、あいつのためだったんでしょう」

ゆっこの指摘に開いた口が塞《ふさ》がらなくなる。

「あいつは関係ない。私があの時期に、化粧を覚えようとしたのは……」

「だからあんたからあいつを奪ったの。あんたの幸せを邪魔出来るなら、それでよかった」

「そんな……」

二人は急接近して、結婚まであっという間だった。幼馴染みと親友の結婚を私は本気で喜んだ。ゆっこの邪推は本当に誤解なのに、私はもう何も言えなくなっていた。

「あたしが結婚をして仕事を辞めてから、あんたは着飾ることをやめたよね。あんたは夢見がちで、決めたことを曲げない性格。『愛する人といつまでも一緒にいたい』って幼馴染みのことだったんだよね。あんたが独り身なのは、あたしのせいなんだ」

ゆっこが顔を伏せる。握りつぶされたマカロンはぐちゃぐちゃで、バタークリームが手のひらにべっとりまとわりついていた。

「初めて会った日から目障《めざわ》りだった。ずっと、あんたのことばかり考えてきた」

ゆっこは声を絞り出して、丸くなった背中が小刻みに震えていた。小鳥のような響きは鳴りを潜め、すっかりしゃがれている。

「恵まれていて、頭が良くて、芯が強くて、甘ったれで。あたしにないものを、あなたは全部持っていた。ずっと、あなたみたいになりたかった。さっちーなんて……」

顔を上げたゆっこは、涙でぐしゃぐしゃになっていた。

「祥子《さちこ》のことなんて……、だいっきらい……」

言葉は続かず、ゆっこは唇を噛《か》みしめる。その時、遠くから呼びかける声がした。

「片岡《かたおか》さん。片岡裕子《ゆうこ》さん。そろそろお時間ですよ」

淡いピンク色の服をまとった女性が、ウッドデッキに近づいてくる。ゆっこは無言で立ち上がる。席から離れようとするけれど、私は腕を伸ばしてゆっこの手を握った。クリームがねっとりと手のひらについたけど、そんなの構わない。

私はゆっこのことを何も知らなかった。だけど今の告白には誤りがたくさんあった。

私が化粧を覚えようとしたのは、ゆっこが熱心に仕事をしていたからだ。物事に対して真面目に取り組む姿勢は、ゆっこになくて、私だけのもののはずだった。だから身の程知らずな対抗心を抱いて、華やかな笑顔を真似しようと考えた。そのためゆっこが仕事を辞めたのと同時に、私は着飾るのをやめた。

幼馴染みに紹介をしたのは、最初から二人の仲を取り持つつもりだった。私の意図とは違う動機だったけれど、目的は実現された。結婚が決まった時は本心から嬉しかった。幼馴染みは長男なので、結婚すればゆっこは私の実家の隣に住むことになる。

「ねえ、ゆっこ。また会いに来てもいいかな」

ゆっこは大げさに目を見開いてから、鼻をすすりながらうなずいた。手を離すと、看護師に付き添われて院内へ消えていく。

私のやってきたホスピスは、リゾートマンションみたいに綺麗だった。庭は緑で溢《あふ》れ、ウッドデッキまで備えつけられている。

ゆっこが末期がんを患い、余命宣告を受けたことは幼馴染みから聞いた。そんな状況だから、ゆっこは自分が見放されるなんて微塵《みじん》も考えていない。だからずっと抱えていた思いをぶちまけたのだ。私から、許されるために。

昔から本当にあなたはずるい。こんな告白をされたら、私がどんな反応をするか絶対にわかっている。相手の顔色を敏感に察知して、自分に有利になることしかしない。計算高いのに、それを自覚していないふりをする。どんな悪口でも結局は許されてしまう。

自由で、わがままで、ずるくて、不真面目で、本当に可愛くて。今どきの若い子みたいな言葉遣いで、派手な化粧をして、笑顔で女子会なんて言ってのける。そしてそれが、憎らしいくらい似合っている。

私にないものは、全部あなたが持っていた。私もずっと裕子みたいになりたかった。

テーブルに残された、鮮やかな黄色をしたマカロンシトロンを手のひらに載せる。頬張ると甘酸っぱい味が口に広がった。

ゆっこと出会ったのは、戦争で疎開した先の女学校だった。東京に戻って数年後、列車による集団就職で上京し、当時流行していたカフェーで働くゆっこと再会した。そして私の幼馴染みと結婚をしてから今日まで、私たちの関係は続いている。

出会いから七十年以上経って、お互い皺《しわ》だらけのお婆ちゃんになった。

『愛する人といつまでも一緒にいたい』

あの時抱いた願いは今も叶っている。初めて顔を合わせたあの日から、私はあなたのことが、だいすきなんだよ。

闇の世界の証言者

深津十一

初出『５分で読める！　ひと駅ストーリー　冬の記憶・東口編』（宝島社文庫）

ヤマダタロウさんですか。こりゃまたかえって珍しい名前ですなあ。

名刺？　そんなもんいりませんわ。私はご覧の通りの有り様やないですか。そんな紙切れよりも、ほら、オーラっちゅうんかな、あと言葉づかいとか。こうやってるだけでも威圧感がすごいですわ。刑事さんは独特の雰囲気をお持ちですから、思わずスンマセンって言いそうになります。いやいや、べつに後ろ暗いことがあるわけやないですよ。言葉のあやですって、言葉のあや。

ほう、ハイライトですな。ええ、わかります。煙と一緒にラム酒の匂いがふっとね。

へへっ、鼻が利くんですわ。あ、どうも。催促したみたいですんませんです。

ふう、やっぱ美味《うま》いですなあ。

それにしても、今日みたいな寒い日にも聞き込みとはご苦労さまです。しかも日付が変わろうかっちゅうような時間に、こんな所まで来られるなんてなあ。

よっぽどお困りで？

あ、すんません。さしでがましいことを申しました。勘弁したってください。

ううっ、さぶ。また風に雪が混じり出しましたな。もうちょっとこっちにどうぞ。

そうそう、コンクリの壁がちょうどよい具合に風よけになってね、ほんの半歩入るだけでだいぶ違うんですわ。頭の上を電車が通るとやかましいですけど、雨風はなんとか防げますから贅沢《ぜいたく》は言えません。

えっとね、ここへ移って来たんは十二月に入ってすぐでしたから、もう二カ月っちゅうとこです。ええ、ええ、もちろん昼間もずっとおりますよ。

はあ、昼の十一時過ぎですか。さっき日付が変わりましたからきのうのことになりますな。その頃もここにいたと思いますけど――

時計？　持ってませんわ。こんな生活で時計なんか持っててもしゃあないですやろ。どうしても知りたい時には、通りがかりの人に聞けばええことですし。この上を走る電車でもわかりますわなあ。あ、もしかしてアリバイっちゅうやつですか。うわ、どうしよ。そんなもんありませんわ。だいたいが一人ですもん。

えっ、私やないんですか。ああびっくりした。年寄り脅かさんといてください。ええ、もう年が明けましたからな、今年で六十五ですわ。この冬の寒さは堪《こた》えます。こうやって毛布を引っ被っててても夜はねえ。

おっと、すんません。私のことはどうでもよかったんでしたな。で、十一時頃に四十代前半の男が、この辺で落とし物ですか。四十代前半の男、四十代の男――

ああ、たしかに男がここ通りましたわ。うん、間違いないです。十一時ちょっと過ぎやったかな。へ？　適当なことなんか言うてませんて。刑事さんに嘘なんかついたら、あとで大変なことになりますもん。

おっ、電車が来ますな。最終の一本前ですわ。通過中はやかましゅうて話し声が聞こえんようになりますさかい、ちょっと待ちましょ。ほい、反対向きも来た。

ふう、さすがにダブルはきついな。頭の芯に響きよる。はい、今のは上りの快速電車と下りの普通電車ですわ。ここ、昼間やったらだいたい十分に一本、上りか下りのどっちかが通過するんです。おかげで、時計なんか持っとらんでも真夜中以外は正確な時間がわかります。

えっと、なんでしたっけ。そうそう、男の話の続きでしたな。

すんませんけどちょっと下がってコンクリの向こう覗いてみてください。自動販売機がありますやろ。そう、細長のしょぼいやつが。きのうはその自動販売機の集金日やったんですわ。コーラやらお茶やら積んだトラックが来て、お金集めて、中身の補充をするんです。その時間が、いつもだいたい十時四十分ごろなんですわ。きのうもそんなもんやったはずです。もし正確な時間が必要やったら、そこの会社に聞いてみられたらどうです？　あ、すんません、私が偉そうに言うことやないですな。

話、戻します。きのうも自動販売機の業者さんがいつも通りの作業して、トラックが行って、それから五分ぐらいした時に一人の男が来ましてね。そこの自動販売機で缶コーラを買ったんです。いや、顔出して覗いたりしてませんて。私はできるだけ目立たんように、コンクリのこっち側で今みたいにして座ってたんですわ。ここ、物陰になって目立ちませんやろ。最近はホームレス狩りとか物騒なことが多いですから、できるだけ隅っこにいるようにしてます。そやから、その男も私のことには気づかんままやったと思います。

いやいや、見なくてもわかるんですって。まず足音がしますやろ。その時は小走りっちゅうか駆け足っちゅうか、とにかくあわただしい足音でした。あれは硬い革底の靴ですな。そうそう、今刑事さんが履いておられるんと同じようなやつですわ。そんでさっき刑事さんが歩いて来られたんと同じ方からせわしない足音が近づいて来て、自動販売機の前で立ち止まったんです。なんか知らんけど、息をはあはあ言わせてましたな。うん、そうや、あれは男の息づかいでしたわ。

でね、ああ、これはお茶かなんか買うなって思ってね、耳を澄ませてたんです。そしたら案の定ですわ。くそ寒いのに缶コーラを買ってね、その場で一気飲みでした。よっぽど喉乾いてたんやないですか。相当てんぱってた感じでしたもん。

いや、だからそれを今から説明しますって。せっかちな刑事さんやなあ。

すんませんけど、ちょっと自動販売機の前まで行って、なにを売ってるか見てもらえますか。うん、うん、ほら、やっぱりですわ。温かい商品の方には緑茶と紅茶とが二つずつですやろ、短いペットボトルのやつが。そんで冷たい方には長いペットボトルのミネラルウオーターとスポーツドリンクと缶コーラ。うん、ここんとこずっと一緒ですわ。そやからね、商品が落ちる音が違うんです。ペットボトルと缶とでは。何回か聞いてたらすぐわかるようになりますって。さっきも言いましたけど、私、ここに二カ月おりますから。ペットボトルの長さの違いも聞き分けられます。でね、今、その自動販売機で売ってる缶のやつはコーラだけでしょ。

そんなわけで、その男が買ったんは缶コーラで間違いなしですわ。

ビニールの小袋？　男がこの辺で落としてるはず？　ああ、刑事さんはそれを探しておられるんでしたな。うーん、ビニールの小袋は落とさんかったと思いますなあ。

あ、いや、小袋はの「は」に意味はないです。いやいや、ほんまに――

わ、わかりました。言います。言いますって。そんな怖い声出さんといてください。まるでヤー、あ、いやなんでもないです。

その男が自動販売機の前で小銭チャラチャラいわせてるうちに一枚落としましたんや。十円玉でした。あわてたんか、手ぇかじかんでたんでしょうな。その時、聞こえたんですわ。「くそっ」って舌打ちする声が。それが男の声でした。子どもやない大人の男の声でしたな。はい、間違いないです。さっき「はあはあ」の息で男やとわかったなんて言いましたけど、ほんまはこの時の声でした。まあ、「くそっ」だけでしたから、四十代かどうかまではわかりませんけどね。なんかえろう急いでたみたいで、落とした硬貨を探そうともしませんでした。それでまた小銭を取り出して缶コーラを買いましたな。

　はい、そうです。男が落とした十円はあとで拾いました。自動販売機の周辺をはいずり回って探しました。でも、ビニールの小袋はありませんでしたな。うん、小袋でしょ。ビニールの――あ、え？　もしかして、それって――

　なんでもないです。よけいなこと言いました。すんません。すんません。

いや、まだ使《つこ》うてません。そこに置いてる空き缶ですわ。半分に切ってあるやつ。中に小銭入ってますやろ。その男が落とした十円玉もその中に入ってます。見せ金っちゅうかね、空っぽにしとくより、少し入ってた方が次の人が入れやすいんですな。これでワンカップでも買いなさい。チャリーンってね。

はい、その通り。さすが刑事さん、お見通しですな。ここにおるとね、聞こえるんですわ。自動販売機のとこで小銭落とす音が。特に何枚かまとめて落とすと拾い忘れっちゅうのが結構あるんですな。はい、それを頂戴するんです。もちろん、そんなもんだけでやっていけませんけど。まあ、ある程度は当てにして、ここに陣取ってます。

　ええ、知ってます。拾得物横領罪ってやつね。

へっ？　そうですか。それはどうも。いやあ、話のわかる刑事さんでよかった。

いやいや、もちろん、その十円玉はどうぞお持ちください。なんなら空き缶ごとどうぞ。証拠になるんですやろ。男の指紋、当然ついてますわな。私はほら、この通り、寒いもんですから軍手はめっぱなしで指紋はつけてません。ご安心を。

あ、そうや。もし指紋が必要やったら自動販売機のボタンのとこにも残ってるんやないかなあ。きのうの昼の商品補充から今まで、缶コーラ買ったん、その男だけですもん。ここんとこずっと寒かったから全然売れませんのや、冷たいコーラ。

しかもその指紋、自動販売機の業者さんがボタンの動作確認した後についてますから、きのうの十時四十分以前のものやないっていうことが確定できるんやないですか。わかるんでしょ？　指紋の重なり具合から、どれが一番後についたかって。

あっ、待てよ。自動販売機の中の硬貨にもついてるんとちゃいますか。もちろん指紋です。コーラ買った男の指紋。それともおつりとかに回るんかな。機械の仕組みようわかりませんけど。それも業者に聞けばわかりますやん。警察の捜査やったら、中の硬貨も提出しなさいってことができるんでしょ。

いや、まあ、その辺は昔いろいろありまして、ちょっとくわしいんですわ。

なにやってたかって？　へへっ、それは勘弁してください。

ああ、空き缶はもうないと思います。アルミ缶はタツ公がすぐに回収してしまいよるんですわ。

で、その男が行ってしばらくしたら下りの区間快速が通過したんです。たしか十一時七分のやつですわ。時間、ぴったり合いますやろ。

はあ、証言ですか。もちろん協力させてもらいますけど。

いいんですかね。私らみたいなもんの証言が証拠になりますんやろか。へえ、そうですか、そらもうお役に立てるんなら喜んで。私、こんなですから男の顔は見てませんけど、まあ、電車のおかげで時間だけははっきり覚えてます。

あ、来ましたわ。刑事さんには聞こえませんか？　下りの最終電車が近づいて来た音。午前零時二十三分にこの上を通過するんです。

え、今から？　えらい、急ですな。

いや、そやかてほら、真夜中やし。明日ではあきませんの？

痛っ。

ちょっと、なにしますんや。まるで犯人扱いですやん。

自分で行きますから、その手を放せって、こら。

あ、今のその声。「くそっ」って――

きのうの男の声そっくりや。

あ、あんた、ほんまに刑事さん？

うわ、なにするんや。無理に引っ張ったら、足がつっかかるやろが。気ぃつけてもらわんと、私はこの通り、目が、見えへんのやで。

うぐっ、息が。

誰か、助け――

記念日　伽古屋圭市

初出『もっとすごい！　10分間ミステリー』（宝島社文庫）

冬の終わりに降る長雨を催花雨《さいかう》という。花よ早く咲けと天が促す雨なのだそうだ。雪の気配を忍ばせた鬱々《うつうつ》とした雨が、その日も朝から降り続いていた。日本海を越えた冷気が窓ガラスから滲《にじ》む閑散としたオフィスで、私は仕事に追われていた。私はひとり、残業を強いられていた。

時計の針が夜の九時を指し示したころ、ひょっこりと彼女が会社に姿を現した。昨年の春に入社したばかりの事務屋の女の子だった。器量は十人並みだが、いつもにこにことしていて明るくかわいらしい子だ。寒さのためか頬がほんのりと朱に染まっている。金曜の夜であり、同僚か友人と呑《の》んでいたのかもしれない。「まだお仕事ですか」と目を丸くして彼女は問い、私は「まあね」と苦笑した。彼女は会社に手帳を忘れたことに気づき、慌てて取りに来たらしい。

彼女が手伝ってくれたおかげでそれから一時間ほどで仕事を終えることができた。帰りにお礼とばかり呑みに誘うと、彼女は喜んで付き合ってくれた。彼女に密かに好意を寄せていた私は、酒の勢いを借りてその想いを伝えた。彼女は恥ずかしそうにうなずいて、私の想いを受け入れてくれた。性急にも私たちはそのあとホテルで身体を重ねた。行為を終え、私がまだ夢見心地でホテルの天井を眺めていたとき、まるで情事などなかったように、普段と変わらぬほがらかな口調で彼女が言った。

「私が小学生のとき、近所にね、自宅の門柱の上に毎日豆腐を置いているおじいさんがいたの。ある日、なんでそんなことするんですかって訊《き》いたの。どうしてだったと思う」

突然の謎かけに戸惑いつつ、私は理由を考えた。しかし一向に浮かんでは来なかった。答えを尋ねても、彼女は悪戯を企むように微笑《ほほえ》むだけだった。


付き合いはじめてちょうど丸四年が経った同日、私と彼女は正式に結ばれた。つまり結婚したのだ。もちろんそれは偶然ではない。二人が結婚の意志を固め、挙式の日取りを計っているとき、いっそ二人が付き合いはじめた記念日に式をしようと彼女が提案した。ちょうどその日が日曜日だったこともあり、私に異論があるわけもなかった。

結婚式を終えた夜、古風な言い方をすれば新婚初夜、私は四年前のあの日に思いを馳《は》せていた。そしてふと、まだ明かされぬままの彼女の謎かけが、記憶の底からひょいと姿を現した。あのとき以来、私自身すっかり忘れていたのだ。あの謎かけの答えはなんだったのかと彼女に問いかけたが、ちゃんと考えて答えてよ、と言い返された。ふむ、それもそうかと私はうなずく。それからしばらく考えてはみたものの、やはりなにも浮かんでは来なかった。

新婚旅行はハワイに行くつもりだった。少しありきたり過ぎる気もしたが、彼女は素直に喜んでくれている。ハネムーンベビーも悪くないよね、とも彼女は言っていた。私も早く子供が欲しい。

初めて迎える結婚記念日のときには、家族がひとり増えていた。前月に待望の男児に恵まれたのだ。そして子供はできれば二人は欲しいというのが夫婦共通の願いだった。やはりひとりっ子は寂しかろう。ベビーベッドに眠る我が子を見つめながらそんなことを思い、私は食卓に目を移す。記念日とあっていつもより豪勢な食事が並んでいた。妻自慢の手料理に舌鼓を打ったあと、私はかねてより温めていた答えを彼女に告げる。とある老人の自宅で、門柱の上に毎日置かれていたという、豆腐の謎の答えである。なんとなく、これを言うのは記念日まで取っておこうと考えていた。

「単純に、野良猫か、カラスや鳩《はと》の餌だったんじゃないのか」

門柱の上、なのだから犬というのは考えにくい。しかし妻は笑って「ぜんぜん違います」と楽しげに否定した。「動物に与えるためではない」と訊くと、「ではありません」とこれもまた言下に否定された。この日から、答えは記念日にひとつだけ、というルールが決まった。私も妻も、この奇妙な遊びを楽しんでいた。

二度目の結婚記念日には家族は四人になっていた。二人目の子供、今度は娘が生まれたのである。そして今年、夫婦の念願だった一戸建てのマイホームを購入した。首都圏などに比べれば安い土地ではあるが、何十年というローンを抱えれば身も引き締まる。家族のためにも、これまで以上に仕事に精を出さねばなるまい。幸い給料は右肩上がりに増えているし、会社の業績もすこぶる順調である。

　子供たちはすでに寝入り、まだ木の香が仄《ほの》かに漂うリビングで、私と妻はささやかに酒を酌《く》み交わしていた。私は例の答えを妻にぶつける。

「なにかのおまじないとか、儀式だったとか」

　ずいぶんと漠然とした答えであるし、まるで自信はなかった。そしてやはり「ぜんぜん違います」と妻は笑った。そうだろうなと私は思う。そんな答えでは膝を打つこともできない。なに、焦ることはあるまい。ゆっくりと答えに近づいていけばよい。


　三度目の結婚記念日のとき、私は家族と離れ郷里にいた。前日の日曜日に母親が突然倒れ、ひとまず私ひとり押っ取り刀で駆けつけたのである。当然記念日を祝うこともできず、その数日後に意識が戻らぬまま母は帰らぬ人となった。六十を少しばかり過ぎただけの、突然の死だった。悲しみよりも、虚しさのほうが強かった。私は父親の顔を知らない。母は朝から晩まで身を粉《こ》にして働き私を育ててくれた。なんの趣味も楽しみも持ってはいなかったように思う。ただ生きるために働き、働くために生きていた。親孝行らしきことはなにひとつできなかった。孫の顔を見せられたことだけが、唯一の慰めだった。

四度目の結婚記念日のとき、妻の姿はなかった。二日前に私の浮気が発覚して妻は激しく泣きじゃくり、次いで激昂《げっこう》し、摑《つか》み合いの喧嘩《けんか》にまで発展した。あげくに家から姿を消してしまった。自宅には私と二人の子供だけが残された。

私は深く反省していた。言い訳に過ぎないことは重々承知しているが、本当に魔が差しただけなのだ。私は妻を心から愛していた。もちろんそれは付き合いはじめた当初のように、惹《ひ》かれ合い、欲し合うような熱情ではすでになかった。もっと静かで、埋《うず》み火のような、積み重ねた時間が血肉となった、慈しむような想いだ。私にとって妻の存在は身体の一部ですらあった。彼女が消えて初めて、私はそのことに気づいた。戻ってきてほしいと心より願っている。金輪際浮気をしないことはもちろん、けっして君を悲しませないことを私は誓う。

五度目の結婚記念日の夜、私はリンゴをかじっていた。庭に植えたリンゴの木が、この冬初めて実をつけた。庭のある家に住み、そこで野菜や果物を育てるのが妻の夢だった。それを叶《かな》えられたことは、私も嬉しく思う。

リンゴの載せられた皿を差し出しながら、私は妻に微笑みかけた。例の、毎日門柱の上に置かれていた豆腐の謎かけ、に対する答えを告げるためだ。妻は、どんな答えを聞かせてくれるの、と期待するように、ほがらかな笑みで私を見つめていた。

「『幸福《しあわせ》の黄色いハンカチ』って映画があっただろ。あれの黄色いハンカチといっしょで、誰かに向けた、なにかのメッセージだったんじゃないかな」

言いながら私は、これでは駄目だよなとわかっていた。「誰か」だとか、「なにか」だとか、まるで判然としない玉虫色の回答だ。案の定妻は、ぜんぜん違います、というふうに変わらぬ微笑を浮かべるだけだった。いつか彼女が「正解」と手を叩《たた》いて喜んでくれるまで、地道に模索を続けようと思う。

六度目、七度目、八度目の結婚記念日のときにも、儀式のように私は回答を告げた。けれどそのどれもが私自身納得のいかないものだった。永遠に答えは見つからないのではないかとすら思えた。そもそも本当に答えなどあるのだろうかという疑惑にも囚《とら》われていた。思いつきで告げただけの、妻の与太話だったのかもしれない。しかしその疑惑を彼女に投げかけることはしなかった。仮にそうであってもいいではないか。毎回結婚記念日に謎かけの答えを告げる。それが二人に残された絆であり、私に課せられた義務なのだ。だが私に残された時間は、あまり長くないのかもしれない。

九度目の結婚記念日のとき、私は自信に満ち溢《あふ》れていた。ついに無理のない、納得できる答えを見つけ出すことができたのだ。妻と私が初めて結ばれた日、つまり謎かけを出されたのが一九七二年の閏日《うるうび》、二月二十九日だから、ちょうど四十年が経過したことになる。結婚して三十六年が経つ。私もずいぶんと年を取った。実母が鬼籍に入った年齢も超えてしまった。私はようやく辿《たど》り着いた答えを妻に告げる。

「冬のある日、その老人の家では鍋を作ることになっていた。そして老人は鍋には木綿豆腐だという頑なな信念があった。しかし彼の妻は間違って絹豆腐を買ってきてしまったんだ。彼は癇癪《かんしゃく》を起こし、激しく妻をなじり、すぐに木綿豆腐を買ってこいと妻を家から叩き出す。しかし豆腐屋などはすでに閉まっている時刻。君が小学生のころだから、コンビニはおろか、夜遅くまで営業している店などほとんどなかった時代だ。冬の夜の路上で、老人の妻は途方に暮れた。虚しさを覚えた。そしてそのまま彼女は帰ってこなかった。老人は激しく後悔した。彼は妻を愛していた。帰ろうかどうしようか、悩みながら妻は自宅の前までやってくるかもしれない。もう許している、まだ待っている、帰ってきてほしい。そんなメッセージを込めて、老人は木綿豆腐を毎日門柱の上に置いていたんだ」

妻の顔を見つめたまま、私は一気に語った。もちろんすべては私の創作だ。なにひとつ根拠のない推論だらけだし、いまとなっては正解かどうかなどわかりはしない。けれど私が見つめた写真の妻は、嬉しそうに微笑んでいるように思えた。

二十年前、私の浮気が発覚したあの日以来、我が家から妻の姿は消えたままだった。いまではそれぞれ独立した二人の子供は、自分たちを置いて蒸発した母親のことをどう思っているのだろう。私はいまでも妻のことを愛している。当時のことを心底反省し、強く悔いてもいる。けれど私はこの老人のように、豆腐を門柱の上に置くように、彼女に想いを伝えることはできない。ただ妻の写真を見つめ、語りかけることしかできない。

写真の中の妻は出会った四十年前と同じ、最後に見た二十年前と同じ、ほがらかな笑みで私を見つめていた。

彼女の亡骸《なきがら》の上に植えられた庭のリンゴの木は、今年も真っ赤な実をつけている。

定年　塔山郁

初出『5分で読める！　ひと駅ストーリー　降車編』（宝島社文庫）

電車がターミナル駅に到着した。なだれ込むように通勤客が乗ってくる。津波のような人の流れに巻き込まれて、私は通路の奥まで押しやられた。車内はすぐに立錐《りっすい》の余地もないほどの混雑になった。私電車がせわしく動き出す。見飽きた風景がいつものように車窓を流れていく。定年を迎えた翌日だというのに、どうして私はここにいるのだろう。ため息をつきながら、窓の外をながめた。

大学を卒業したのは七〇年代の初めだった。新卒で入ったのは、一流企業ではないが堅実な経営が売りの食品製造会社だった。本社、支店と経理畑を中心に渡り歩いた。終身雇用と年功序列が当り前の時代、真面目《まじめ》に勤めてさえいれば、年を経るごとに給料はあがっていった。

三十歳になって同僚だった女性と結婚した。仲人《なこうど》は上司。結婚式の招待客は会社の人間が大半を占めた。数年すると男児が生まれた。明《あきら》と名づけた。明が学校にあがる前、ローンを組んで、郊外に念願のマイホームを購入した。通勤時間が倍以上になったが、ことさら苦痛には思わなかった。男と生まれたからにはそうするのが当り前の時代だった。定年まで働けば残りの人生はなんとかなる。退職金で住宅ローンの残額を返済し、生活は年金で遣《や》り繰りしよう。子供だって大学を出れば独立する。贅沢を望まなければそれなりの老後を送れるはずだった。

思い返せば仕事に追われる人生だった。家族との団欒《だんらん》もなおざりにしてきた。定年になったらのんびり過ごそう。一人で出来る趣味を見つけてもいいし、妻と旅行に出掛けてもいい。そんな風に引退後の計画を立てていた。今にして思えば、なんと楽観的なことだろうか。まさかこんなことになるなんて――。

昨日のことだ。

私はいつもと同じ時間に家を出た。満員電車に一時間半揺られて、ようやく会社のある駅に着く。人の波に揉まれてホームに降り立ち、駅からまっすぐ会社に向かった。会社に着くとエレベーターを使って五階にあがる。出入り口のすぐ脇、人が出入りする通路の隅に私のデスクはぽつんとあった。総務部総務課第三総務係・係長補佐代理。それが私の肩書きだった。

十年前、私には経理課長という肩書きがあった。しかし長引く不景気に会社は大がかりな組織改変と人員削減を行った。四十歳を過ぎた正社員が標的だ。早期退職を勧《かん》奨《しょう》されて、応じないと畑違いの部署に飛ばされた。そうでなければ関連会社や子会社に出向だ。親しかった同期や先輩、後輩が次々に会社を去っていき、仲人をしてくれた上司もいつしか会社を辞めていた。

会社に残れたことは幸運だった。しかし周囲は面識のない人間ばかりになっていた。

部下は契約社員と派遣社員。仕事量と責任ばかりが増えていき、給与は年を追うごとに減らされた。それは会社からの無言の退職勧奨だった。しかし私は歯を食いしばって我慢した。私には早期退職には応じられない理由があったのだ。

定年まで辞めたくない意志を伝えると、ほどなくここに配属された。一日中、人目にさらされ、さぼることも、居眠りすることも出来ない、見せしめのような部署だった。官公庁から出された通達を過去に遡《さかのぼ》って整理するだけの単調な仕事があるだけだ。会社の悪意に圧《お》し潰されそうだった。若い頃に思い描いた未来はどこにもない。あるのは、なけなしの蓄えを切り崩し、老後の生活に不安を抱えるだけの生活だった。せめて明が定職についていたら――。私はそんなことばかりを考えるようになっていた。

昼食を済ませると公園で時間をつぶした。うつらうつらして気がつくと時間が過ぎている。慌てて戻ろうとして気を変えた。いまさら遅刻を気にしても仕方がない。しかし運が悪い時というのはあるもので、戻ると人事部長が待っていた。

「今日が最後だと思い、ねぎらいの言葉でもと思ったんだがね」

人事部長は嘲笑を浮かべて私を見た。彼はメインバンクから来た人物で、大がかりなリストラを企画した張本人だった。腹が立ったが喧嘩をしても始まらない。私は黙って頭をさげた。

午後は机の整理と掃除をして過ごした。定刻になったので、立ち上がってタイムカードを押した。フロアでは皆がまだ忙しそうに立ち働いている。頭を下げるとその場を離れた。そこにいる誰もが私に注意を払わなかった。

明は大学を卒業するとコンピューターの会社に入った。当時は将来有望な職種に思えていたのだ。しかし三年経《た》たずに退職した。昼夜も週末もない忙しさに体を壊したせいだ。しばらく静養してから出直せばいい。大学を出ているし、再出発の機会はあるはずだ。落ち込む明にそう声を掛けた。

しかし間違いだった。景気は悪くなるばかりで、就職活動を再開しても書類選考で落とされることが続いた。明の表情はどんどん暗くなっていった。そしてある時を限りに就職活動をやめた。私や妻とも顔を合わさずに自室にこもる日々が続いた。

食事は妻が作って部屋に運んだ。明は家族と顔を合わせるのを避けて、次第に昼夜が逆転した生活を送るようになっていた。ネット通販で買い物をすることだけが唯一の気晴らしのようだった。自分の貯金が底をついても、明はその生活を改めようとはしなかった。

そんな生活が何年も続いた。もちろん私だって手をこまねいていたわけではない。部屋から引きずり出し、まともな生活を送らせようと努めたこともあった。しかしうまくはいかなかった。

定年を控えて後がなくなった時、私はある方法を思いついた。顔を合わせるから喧嘩になる。手紙で言いたいことを伝えよう。

『明へ。私も今年で定年だ。年金だけでは、お前を養っていくことは出来なくなる。だから仕事を見つけてほしい。正社員でなくても、給料が安くてもいい。とりあえず長く続けられそうな仕事を探してほしい。これは本気のお願いだ。ウチの未来はお前に掛かっている。よろしく頼む。父より』

余計な刺激をしないように、くだけた文章で書いたその手紙は、妻に頼んで食事と一緒に渡してもらった。すぐに反応はなかった。がっかりしていると、翌日に妻が会社に電話をかけてきた。めずらしく明が昼間に部屋を出てくると、手紙のことを訊ねたという。

「今は六十歳で定年という時代じゃないだろう。定年再雇用という制度があるじゃないか」そう言ってきたそうだ。

「お父さんの会社も厳しいの。再雇用で提示されたのは遠方での力仕事ばかり。とても受けられたものじゃなかったそうよ」

妻がそう答えると、明はショックを受けたようだった。そして覚悟を決めたように外に出ていった。数年ぶりの外出だった。戻って来た時には公共職業安定所と書かれた封筒を抱えていた。考え込むような顔をして、

「父さんは今の会社でどんな仕事をしているの？　定年の時の肩書きは何だろう？」と質問をしてきたそうだった。

明が私の仕事に興味を持つのは初めてのことだった。直接聞けばいいじゃない、と妻が言うと、恥ずかしいから嫌だよ、と肩をすくめたという。

きっと父親に後《おく》れをとらない仕事につきたいと思っているのだろう。その話を聞いて嬉しくなった。しかし同時に照れくさい気持ちにもなった。面と向かってそんなことを質問されたらどうしよう。まさか総務部総務課第三総務係・係長補佐代理とは言えないな。なんとか誤魔化す方法を考えなくては。しかしそんな心配は杞憂《きゆう》に終わった。明が私にその質問をすることはなかったのだ。

「いい仕事が見つかった。定年の日、父さんに直接伝えるよ」

数日前、明が妻に告げたそうだった。その話をする時、妻は涙ぐんでいた。私も目頭が熱くなった。

仕事を終えると、まっすぐ家に帰った。

三人で食卓を囲むのは久しぶりだ。テーブルには寿司と天ぷらが並んでいる。ビールで乾杯すると、明が待ちきれないように口を開いた。

「さっそくだけど報告があるんだ。手紙をもらった後、すぐにハローワークに行ったんだよ」

「へえ、そうなのか」私は知らない素振りで相槌《あいづち》を打った。

「仕事を見つけてくれって言われたからさ」明は照れたように頭を掻いた。

「でもこのご時勢だから、すぐにいい仕事は見つからなかった。がっかりしたよ。でもあきらめたら終わりだって思って頑張った」

　明はビールに口もつけずに、熱っぽい口調で話を続けた。

「その求人票を見つけた時はびっくりしたよ。こんないい条件の仕事が残っているなんて信じられなかった。訊《き》くと、さっき出たばかりの求人だというんだ。それを聞いて決心した。すぐに面接を申し込んだ。待っていたら誰かに取られる。そう思ったら、とても父さんに相談する暇はないと思ったんだよ」

　わかってもらえるかな。明はそう言って、私を見た。

「もちろんわかるさ。それで正解だ。いい話は早い者勝ち。お前の行動は間違ってない」私はグラスに入ったビールを飲み干すと、励ますようにうなずいた。

「給料はまあまあもらえる。贅沢をしなければ親子三人暮らしていける。正社員じゃなくて契約社員、それに深夜勤務というのがネックだけれど」

　それでもいいかな。明は上目遣いに私を見た。妻が注《つ》いでくれたビールを一口飲むと、

「いいに決まっているじゃないか。職業に貴賎《きせん》はない。働くことが大切なんだ。怠《なま》け

ていたらダメになる。夜の仕事は大変だけど、見方を変えればメリットもある。通勤電車に乗らなくてすむ。ガラガラの電車でのんびり通えるぞ」

毎朝の通勤電車の殺人的な混雑を思い出しながら答えると、明は安心したようにうなずいた。

「そう言ってもらえると助かるよ」

じゃあ、これ。明は紙を差し出した。面接会場の地図と午前九時という時間が書かれている。

「仕事探しを頼まれた時はどうしようと思ったけれど、必死に探せばなんとかなるもんだね。俺もこれからはネット通販を控えるようにするよ。だから、父さん、もうひと頑張りよろしく頼む」明はそう言うと、グラスに入ったビールをうまそうに飲み干した。

電車が減速を始めた。車内アナウンスが次の駅名を告げる。

私はため息をつくと、三十八年ぶりに受ける面接のことを考えながら、のろのろと降りる支度をした。

幸福な食卓　喜多南

初出『５分で読める！　ひと駅ストーリー　食の話』（宝島社文庫）

今日は、ママが大好きな、ハチミツくるみパン。

こむぎこに、おさとう、ミルクにバターを、ボウルの中につぎつぎ入れていく。

わすれたらいけないのは、とろぉりあまい、金色のハチミツ。

みーんなまぜて、手のなかでよくこねるの。

しばらくすると、ぷくって生地がふくらんでくるから、きざんだくるみをたくさん入れて、まるめていく。なかみのくるみがあふれないように、気をつけないと。

きりこみを入れたら、あとはオーブンに入れるだけ。

やきたてのパンを手で二つにわってみると、ほわっとあたたかくて、いいにおいがおはなをくすぐる。

あったかふわふわのパンをかじると、かりかりくるみと、やさしいあまさがすごくおいしい。

おひさまの当たる森の中にいるみたいで、とってもしあわせ。


今日は、パパの大好きな、チョコドーナッツ。

まるめた生地のまんなかにあなをあけて、ドーナッツのかたちにする。

あたためた油の中に生地を入れると、じゅわー、ぱちぱち、花火みたいな楽しい音がする。

あつあつのドーナッツがあがったら、とかしたチョコの海にたっぷりひたして、引き上げるの。

チョコがかたまったら、できあがり。

一口食べると、うすいチョコがぱりぱりと口の中でわれていく。

赤ちゃんのほっぺみたいなもちもちな感じといっしょに、とろけちゃうほどあまさが、口の中にひろがっていく。

あまくてちょっぴりほろにがい、まるで恋におちたみたい。


……そろそろ、ごはんの時間だ。

わたしは、スケッチブックの上にクレヨンをおく。

「何をしてるの？」

知らない人の声が、うしろから聞こえた。

びっくりしてふりむくと、知らない女の人がいた。その人はにこにこしていたから、わたしはホッとした。

「おえかきだよ？」

「そう」

なんの絵を描いたのか、教えてあげようと思った。

けれど、つぎにふりむいた時、もうその人はいなかった。

わたしは、いつもごはんを食べているテーブルにつく。

ごはんはもう用意されていたから、スプーンを手に取る。色のない、味がしない、においもしない、どろどろしている何かがほんの少しだけお皿の中にあった。

顔を上げても、まわりには、だれもいない。

がらんとしたひろいリビングで、わたしは一人でいすに座って、足をぶらぶらさせながらごはんを食べている。

パパとママとみんなで食べたたくさんのパンは、今はもう絵の中にしかない。

味のないどろどろした何かは、しあわせな味がしない。

今日は、スケッチブックの中に、きなこパンを作ろう。

生地の中にきなことおさとうをたくさんねりこんでから、食べやすいように、ひとくちサイズにちいさくかわいくまるめていく。

焼きあがったパンにも、きなこをまぶそう。

ほかほかのパンをきなこの中でころがすと、すてきなにおいが、ふわっと部屋いっぱいになる。

やがて、小さなパンは、毛皮をきたみたいに、ふっかふかになる。

一つ手に取って、口のなかにふくむ。

そっとなでられているみたいなかすかな味が、ほんのりと胸におちる。

なつかしくて、やさしくて、まるで抱っこされているみたい。


……おトイレにしっぱいして、知らない女の人にしかられてしまった。

きっと、あの女の人は、パパが連れてきた新しい女の人だと思う。

ふだんは優しそうににこにこしている。でも、笑顔をつくっている。きっとわたしのことを、じゃまに思っているんだ。

だからわたしに出すごはんも、いつも味がしないんだ。

スプーンですくう。白いものを口にはこぶ。

パパと、ママと、みんなで食べた、あたたかいパンは、ここにはない。

絵に描いたパンが、魔法みたいに出てきたらいいのに。

今日は、ハムとチーズのフレンチトースト。

半分に切った食パンを、といたたまごにじゃぶじゃぶひたして、フライパンで焼く。いっしょにのせたバターが少しずつとけて、あつあつのパンにしみこんでいく。

二つのパンでハムとチーズをはさみこむ。だんだん、黄色のトーストに、焦げ目がついていく。おさとうの焼けるあまいにおいがただよう。

ぶあつくなったフレンチトーストにかぶりつくと、パンにとじこめられた、たまごがじゅわじゅわあふれてくる。

とろけたチーズと、ハムのしょっぱさもちょうどいい感じで、なんだかとってもおしゃれな気分になる。


……知らない女の人は、ときどきすごくおこっている。

早口で、むずかしくて、意味がよく分からないことをいう。

そういう時はすごく怖くて、ガマンしてもついつい泣いてしまう。

そして女の人も、かくれて泣いている。わたしはそのことを知っている。

パパが出ていったのに、わたしのことを見なきゃいけないから、きっと大変なんだ。

あの人も、かわいそうな人なんだ。ふしあわせな人なんだ。

絵の中のパンを食べられたら、あの人の心も、ほっかほかにあったまるかもしれないのにな。


今日は、シナモンロールを描こう。

大きくのばした生地の上に、おさとう、シナモンパウダーをさらさらふっていくと、お庭にふった雪みたい。しんちょうに、ゆっくり、くるくる巻いて、たてに切ると、きれいなうずまきで——


……ふと、はちみつの、かすかなにおいがした。

わたしはスケッチブックの上にクレヨンを置いて、顔を上げる。

ふしぎに思ってテーブルにつくと、どろどろしたなにかじゃなくて、わたしがスケッチブックに描いた、はちみつくるみパンがあった。

知らない女の人が、わたしの前に座っていた。

「いつも同じだと、飽きちゃうでしょ？　久しぶりに時間をつくって、焼いてみたの」

「……」

わたしは、おそるおそる、バスケットに盛られたパンを手に取る。

さわったとたん、指先がじんと熱くなった。焼きたてだ。

でも、なんでこの人は、わたしの絵の中のパンを知っているんだろう。

ふしぎそうな顔をしていたのが分かったのか、女の人がこまったような笑顔をうかべた。

「……それね、ママが作り方、教えてくれたんだよ？」

焼きたてのくるみパンを割ってみると、ほわっと湯気が立って、香ばしいくるみと、ほんのりはちみつのにおいがした。

口にふくむと、あったかくて、とってもふわふわしていた。

かりかりくるみの楽しい食感。じんわりと舌にひろがるやさしいみつの味。

目を閉じると、まるで、やわらかな陽射しが差し込む森にいるみたいで。

――わたしは、この味をおぼえてる。知っている。

思い出した。

わたしは、すぐになんでも忘れてしまうということ。

目の前にいる女の人がわたしの娘だということ。もういないパパ――旦那に代わって、わたしの世話をしてくれていること。

毎日、働いて疲れているのに、根気よく、わたしのそばにいてくれること。間違えて何度も食事をしてしまうわたしの身体を気づかって、少しずつしか食事を用意しないこと。

「――って言っても、覚えてないよね」

肩をすくめる娘に、わたしは笑顔で答えた。

「わたしが、忘れて作れなくなっても、あなたに作ってもらえるように、教えたの」

そう言うと、娘がハッとしてわたしの顔を見た。

わたしは言葉を続ける。

「ハチミツくるみパンは、私の大好物だもの」

娘が大きく瞳を見開く。みるみる涙の粒がふくらんで、こぼれ落ちていく。何度も何度もうなずきながら――

――知らない女の人が、また泣いている。

でも今日は、そんなに悲しそうじゃない。

ロストハイウェイ

梶永正史

初出『５分で読める！　ひと駅ストーリー　旅の話』（宝島社文庫）

エンジンは雑なクラッチ操作に抗議するように震えたあと、プスンと音を発して止まった。亮平《りょうへい》は小さく毒づきながらシフトレバーを左右に動かしてニュートラルを確認すると、キーをひねり、せかすようにアクセルを煽《あお》った。

製造から四十年を過ぎた〝いすゞ117クーペ〟は気怠《けだる》そうに前進した。整備されているとはいえ快適とは程遠い。クーラーはぬるい風を送るのが精一杯で、窓の開閉は手動。AMラジオとカセットデッキが唯一の娯楽だ。ふだん乗っているメルセデスとは比較することすらできない。

平日昼間の首都高速向島線。渋滞の中、朽ちかけた、カビ臭いこの車を進めることほどイラつくことはない。慣れないマニュアル車だから、それも倍増する。

「いやぁ、こうやってお前に話すのは、ずいぶん久しぶりだなぁ。もう十年経つか」

亮平の父だ。そのおっとりとした声に亮平の心はざわついた。

「この車はなぁ、おれがお母さんと東京に出てくるときに友人から譲ってもらったものなんだ。ほら、子供の頃に会ったこともあるだろ、函館で喫茶店をしてる奴さ」

亮平はその記憶を呼び出そうとすらせず、秋空にそびえるスカイツリーに目をやった。まったく、なんでこんなことをしなきゃならないんだ。はっきり言って迷惑だ。

「いやさ、おれの手術が終わってしばらくしたころ、そのマスターが見舞いに来てくれたんだ。その時、この車を持って帰ったらどうだと言ったんだが、『退院したらお前が返しにこい』だってよ。まぁエールを送ったつもりなんだろうけど、残念ながらおれにはもうそんな体力もないからさ、それでお前に頼んだという訳だ」

あんたじゃない。母さんの頼みだったから仕方なく、だ。

『口にはしなかったけど、あなたとこの車で旅をするのがお父さんの夢だったのよ』

そう言われて、断れなかったのだ。

渋滞は東北道に入るまでにおさまった。このまま青森まで行き、フェリーで対岸の函館に渡る計画だった。

「なぁ覚えているか。お前がまだ小さい頃、誰かがこの車を珍しそうに見ていると〝これ亮ちゃんの！〟って言って触らせなかった。可愛かったんだぞ」

今さら何の昔話だよ。過去を振り返ったって意味はない。大事なのは今だ。

外貨取引を生業としている自分にとって、利益に直結するのは過去ではない。今この瞬間の判断なのだ——くそっ！

ダッシュボードに置いたスマホを見て毒づいた。外貨取引を示すグラフを表示させているが、ここ数日の傾向を変えることなく降下を続けている。現在の損益はマイナス一千万円に届きそうだ。だが、ここでビビって決済してしまったら損失が確定されてしまう。

大丈夫だ、ロスカットされないよう証拠金を投入していればいい、それだけの体力はまだある。財産を使い切る前に、チャンスは必ず訪れる。

「なぁ、亮平。墓場で一番の金持ちになっても意味は無いよ。それよりも、夜、眠りにつくときに、自分は素晴らしいことをしたと思えるか。そばにいてくれる人がいるか。人生を見極めるというのは、そういうことなんじゃないだろうか。もちろん、お前の選んだ道を否定するわけじゃない。おれには想像できないようなことで成功している。それは誇らしく思っているんだよ。ただ、それと引き換えに何かを失っているんじゃないかって、老婆心ながら思ってしまうんだ」

「うるせぇなあ！　いつまでも親父気取りかよ！」ついに声が出てしまった。

別れた妻と娘の事か？　おれが家庭を顧《かえり》みずに四六時中パソコンにかじりついていたせいだと言いたいのか？　悪かったな。だがな、あれは単なる性格の不一致ってやつだ。どうこう言われる筋合いはない！

亮平はアクセルを踏み込み、バラバラになるのではないかと思えるほどに車体を震わせるクーペを、追い越し車線に乗せた。愛車のメルセデスならここが定位置だ。目障りな先行車に合わせてチンタラ走るなんてイライラする。自分のペースを乱されたくない。誰かに合わせて生きるなんてゴメンだ。

しかしこの車ときたらアクセルをベタ踏みしても加速は鈍く、伸びもなかった。そこへ別の車が後方から迫り、背後にピタリと貼り付いて無言の圧力をかけてくる。

ちっ、煽ってんじゃねぇよ！　いつもなら逆の立場なのに、くそっ！

亮平は屈辱感に見舞われながら走行車線に戻り、毒づいた。それからスマホのグラフを見ても毒づき、日が暮れて雨が降りはじめたことに対しても毒づき、そして仙台を過ぎた頃に現れはじめた渋滞の案内にもまた毒づいた。さっきは五キロと表示されていたのが、今は十キロにまで伸びていた。

ウソだろ、勘弁してくれよ。早く解消することを祈りながら進んだが、流れは完全に止まってしまった。延々と続くテールランプの筋。どの車線に移っても一番遅く感じられ、今まで必死に追い抜いた車にすら先を行かれている気がした。それは、今までの苦労を無駄にしてしまうようで焦燥感を募《つの》らせた。さらに、外貨取引の損失は増大の一途《いっと》だった。どこかで歯止めをかけたほうがいいのだが、そうすればこれまでの投資が無駄になってしまう。引けない、絶対に……。くそぉっ、イラつくなぁ！

そこにまた父親の能天気な声だ。

「時々思うんだぁ。人にはそれぞれ生きるスピードっていうのが決まっているんじゃないかって。鈍行列車が急行の真似《まね》をしたところで、人生のどこかで帳尻が合わされるような気がするんだ。おれもしゃかりきになって走ろうとしたこともあったけど、結局は自分のスピードに落ち着いちゃうんだ。でも一度それに気づくと心地いいんだよな。心が楽になって、いろいろ見えてくるというかさ」

亮平は答える代わりに、ハンドルを何度も殴りつけた。いちいちうるせぇんだよ！

結局、高速道路は通行止めになり、一関インターで下ろされることになった。大雨による土砂崩れがあったようだ。スマホのナビアプリで検索するが、勧められた国道はすでに車の列がつづら折りに続いていた。

「そう言えばな、ハイウェイっていう言葉には〝近道〟とか〝定石〟といった意味もあるらしいんだが、それって、効率を求めるお前の生き方を象徴しているようにも思えるよな。でもさ、そう急がなくてもいいんじゃないかな。回り道をした時にだけ見られる景色というものが、きっとあると思うんだ」

回り道してまで見たい景色なんてねぇよ！　そんなのなぁ、ハイウェイを走れるだけの力がない奴の言い訳だ。俺は一分一秒を無駄にしない！　なにしろ、一秒瞬《まば》きする間に、億という額が動くときだってある。俺は時間を味方につけ、勝負に勝つんだ。いままでもそうだった。これからも――。

その時、メールの着信音が鳴った。件名を確認した亮平は渋滞の列を離れると、閉店したドライブインの駐車場に車を突っ込ませた。

自動決裁を通知するメールだった。結局、暴落したポジションを維持する事はできなかったのだ。財産のほとんどを証拠金として投入したが、支えきれなかった。今思えば、少しくらいの損失を出してでも精算しておけばよかったが、後の祭りだった。

意地や見栄《みえ》、そんなものにしがみついている間に一線を超えてしまっていた。

急に嫌気がさした。国道を外れ、別の山道をなんとなく北に向かって走りはじめた。あまりにも頼りないヘッドライトが、申し訳なさそうに闇をかき分けていく。

「迷ってないか、亮平。お前は頑固だから、引っ込みがつかなくて無理してはいないかと心配になるよ」

だが、ぼんやりその言葉を聞いて思った。走るべきルートを持たない今、迷うという概念は当てはまらないのではないか。それは不思議な感覚だった。

「……頑固だとしたら、遺伝だな」

亮平は力なくつぶやいた。お互いが頑固で意地っ張りだったから、今まで会話をするタイミングを逃していたのだろう。十年も……。

夜が明ける頃、雨あがりの湖畔に出た。駐車場の看板を見て、ここが十和田湖だと知る。亮平は車を降りると、背伸びをしながら深呼吸をしてみた。冷たい空気と濡れた森の匂いが肺を満たす。眼下には、湖を覆っていた朝霧がベールをはがすように流れ、その下から現れた鏡のような水面が朝空を映していた。言葉が出なかった。

「人生、なにがきっかけになるかはわからんが、今まで見えていなかったことが、突然、見えてくることがあるんだ」

亮平は車を振り返った。開け放ったドアから父の声が漏れてくる。

「耳をすませてごらん。北へ向かうたび、時が流れるたび、虫の音《ね》の主人公は木の上から草むらに移っていく。それに気付けたかい？　そして、その奥にある意味に」

意味、だって？

「毎日をかけがえのないものだと実感しながら、積み重ねていくということ。当たり前のことほど、愛《いと》おしく感じるよ。いま、生きているということが……」

亮平は黙って湖面に目を戻すと、しばらく思いを巡らせた。それから色あせた案内看板を見上げる。青森まで七十キロあまり。

あーあ！　と空に向かい、声を出してため息をつくと、再び車を走らせた。

国道へ抜ける山道の路肩からススキの穂が伸びていて、まるでハイタッチを求める手のひらのように見えた。ウインドウを開け、飛び込んでくる秋の風に逆らうように手を伸ばした。パンパパン！　と手のひらを心地良く叩かれる。嫌悪する無意味な行動なのに、大切ななにかを思い出させてくれるようだった。そうか、父と散歩しながら同じことをやっていた。あの頃は、些細《ささい》なことで毎日を楽しめた。

函館港に着いたのは十八時を少しばかり過ぎた頃だった。渡った海峡ひとつ分、確実に冷たくなった空気の中、エンジンを唸らせ、車体を小刻みに鋭く跳ね上げながら石畳の坂道を昇った。そして、函館港を見下ろす丘の上の小さな喫茶店に到着した。

「亮平君、よく来てくれましたね」

マスターは白髪と白ひげを乗せた柔和な表情を浮かべて迎えてくれた。それから腰をかがめたり時に背伸びをしたりしながらクーペを眺めはじめた。まるで懐かしい友に再会したかのように嬉しそうだった。

これで役目は終わった……。亮平はキーを差し出した。しかし、マスターはそれを受け取らなかった。亮平の目から、ポロポロと涙がこぼれはじめていたからだ。

「ごめんなさい、ごめんなさい……やっぱり、お渡しできません。この車、譲っていただけないでしょうか……父の形見だから」

亮平は長旅を共にした、くたびれ果てたクーペに目をやった。カセットデッキから半分飛び出したテープ。それは、生前の父の言葉を収めたものだった。末期ガンだったなんて聞かされていなかった。時間はまだあると思い込んでいた。

マスターは亮平の手を上から包み、キーを握らせた。

「〝これ、亮ちゃんの！〟だからね」

亮平はマスターの笑みに安堵《あんど》して、もう一度深く頭を下げた。

「疲れたろ？　とりあえずコーヒーでも飲んで。それからゆっくり帰ればいいさ」

マスターが店のドアを開けてくれた。

溢れ出てきた暖かく香ばしい空気に包まれ、安らぎを感じながら亮平は言った。

「はい、ゆっくり帰ります――回り道をしながら」

卒業旅行ジャック　篠原昌裕

初出『5分で読める！　ひと駅ストーリー　旅の話』(宝島社文庫)

カーステレオのラジオからは深夜のニュースが流れている。

本日未明、神奈川県内で三十代と思われる男がナイフで刺されているのが発見された。犯人はまだ捕まっていないという。

しかしそれがどうした、という雰囲気がこの車内には充満している。

ウサッチ、ナユミン、そして、私――ケロ子を乗せたワンボックスカーの中は、「女だらけの卒業旅行ドライブ」というコンセプトに、のっけからテンションが上がりまくりだった。

「ジャジャンッ！」と運転席にいるウサッチが音頭を取る。

「お題。一生に一度は言われてみたいイケメンからの愛の囁き」

「「イエーイ！」」

ウサッチが先陣を切る。

「俺、お前のことしか見えてねーから……」

「もう棲む！　私、あなたの瞳に棲んじゃう！」

ナユミンのテンションがさらにレベルを増した。

「次、ケロ子」

「お前、俺がいないとホントダメだな。仕方ねーから、一生そばにいてやるよ」

「ぐふぅッ」と運転席のウサッチが血を吐くように呻《うめ》いた。

「もし俺に魔法が使えるなら、今この瞬間を永遠にしたい」

ナユミンが情感たっぷりに語り上げると、三人して叫び声を上げ、身悶えする。もしこんな様子を隠しカメラで撮影されていたら、三回は死にたくなるだろう。

「ねえ、ちょっとコンビニ寄ってもらっていい？」

不意にナユミンがポケットを探りながら言った。

「どうしたの」と私が訊くと、「ライター忘れちゃったみたい。それにお菓子もちょっと買いたいなあ、なんて……」とナユミンが舌を出す。「ＯＫ」と答えたウサッチは、近くに見えたコンビニエンスストアの駐車場に車を停めた。


「なんとかなんねえのかよ！」

突然の怒鳴り声に、車を降りた私たちは肩を竦《すく》める。見ると、コンビニエンスストアの横に設置された公衆電話で長身長髪の男が話していた。

「無理言ってんのはわかってんだよ。だけどさ、こっちだって、そんなすぐには行けねんだよ。なあ、頼むからなんとかもたせてくれよ！」

私たちはその男の横をすごすごと通り過ぎ、コンビニエンスストアへと入る。

各々《おのおの》目的のものを買って、車に戻ってきたときだった。

いきなり、「ねえ」と声をかけられた。ストリート風のファッションをした長髪の青年――しかもイケメン！　――が立っている。後ろ姿しか見えなかったが、シルエット的に先ほど公衆電話で怒鳴り声を上げていた男に間違いないだろう。

「これってさ、アンタたちの車？」というイケメン青年の質問に、「そうですけど……」とウサッチが答え、私たちはそれぞれ車に乗り込もうとする。

突然、助手席のドアを開いた私の腕を、その青年がつかんだ。

「アンタ、後ろ乗って」

青年はそう言って私を後部座席に向かわせると、何を思ったのか、空いている助手席に乗り込んできた。

「ちょっと、なんなんですか？」と助手席に向けて私は身を乗り出す。

目の前に鋭く光るナイフが突きつけられた。

「ひっ」と後部座席にそっくり返った私は、先ほどのラジオのニュースを思い出した。

「悪いんだけどさ、今からこのメモの住所に向かってくれる？」

青年は運転席のウサッチにメモを渡した。

「み、宮城県？」

ウサッチが声を上げた。メモには詳細な住所が書かれていたようだが、その中でも目を引いた文言《もんごん》が口から出てしまったのだろう。私たちの卒業旅行の目的地は香川県――のうどん――だ。ナイフを突きつけている青年の言葉に従い、宮城へと向かうためには、進路を百八十度転換させなければならない。

だが、私たちにそれほどの悲愴感はなかった。私たちにとって、どこに行くかはおまけであり、「卒業のために旅行をすること」が重要だったからだ。

ウサッチは、青年から渡されたメモに書いてある住所を、スマートフォンのナビゲーションアプリに入力し、車を発進させる。

「それって、ジャックナイフですか」

ナユミンが興味深そうに訊《き》くと、青年がうるさげに答える。

「知らねーよ。これがジャックナイフだと、なんか意味あんのか？」

「ジャックナイフだったら……」というナユミンの言葉をウサッチが引き継ぐ。

「ああ！　ジャックナイフでカージャック！　オシャレ〜」

「駄洒落じゃねーか！」

青年が反射的に突っ込んでいた。

カージャックへの恐怖より、イケメンへの興味が圧倒的に勝っているらしいナユミンは、さらにグイグイと攻めていく。

「ねえ、ジャック」

「はあ？　誰だよ。ジャックって？」

「カージャック犯じゃない。じゃあ、なんて呼べばいいの？　お名前教えてくれる？」

「……ジャックでいい」

「ねえジャック、お菓子食べてもいい？」

「勝手にしろ」

ジャックの許しを得た私たちは、先ほどコンビニエンスストアで買ってきたお菓子をポリポリと食べ始めた。運転席にいるウサッチの口にも、横から差し入れてやる。

「ジャックも食べます？」

「いらねーよ」と言った直後、ジャックの腹が盛大な音を立てた。

私たちは吹き出して笑う。

「遠慮しなくていいのに。もしすごくお腹がすいてるんだったら、トランクに道具が積んであるんで、簡単なバーベキューとかもできますよ」

「いらねえって！　俺だって食いモンくらい持ってる」

ジャックはポケットから形のひしゃげたコンビニエンスストアのおにぎりを取り出し、包装を破いてむしゃむしゃと齧りつく。「くそマズいな」と独り言を呟いていた。

「ゴミ、預かりますけど」と私が手を差し出すと、ジャックは無愛想に使用済みの包装を預けてくる。食べていたのは「ネギトロ」のおにぎりだった。

高速道路を走って、二時間以上が過ぎた頃だろうか。突然、ジャックが腹を押さえて呻き出した。額からは大粒の汗が垂れている。

「大丈夫ですか、なんか汗がすごいですけど」「お腹、痛いんじゃないですか」

私はあることを思い出し、先ほど預かったおにぎりの包装をゴミ袋から取り出した。

「これ賞味期限、五日以上過ぎてるじゃない！」

「そりゃお腹も壊しますよ！　ウサッチ、パーキングエリア！」

ウサッチは「了解」とアクセルをベタ踏みし、ものの数分でパーキングエリアに入ると、男子トイレに一番近い場所で停車した。

ジャックは腹を押さえて苦しそうにしながら、私たちのほうを睨みつける。

「いいか、絶対に逃げんじゃねーぞ。逃げたらただじゃおかねーからな！」

「わかりました！」「早く行ってください！」「ここで漏らされたら最悪ですから！」

私たち三人からの口撃を受け、ジャックは「クソッ」と駄洒落を吐き、屈《かが》んだ姿勢のままトイレへと駆け込んだ。


「……なんで逃げなかったんだ？」

助手席で平静さを取り戻したジャックの問いに、運転中のウサッチが答える。

「だって逃げるなって、言うから」

「でもフツー逃げるだろ。アンタらいったいどういう神経してんだ？」

「まあ、フツーの神経ではないかもね……」

ナユミンが、私たちの顔を見ながら微笑んだ。

それまでの攻撃的で刺々《とげとげ》しかった態度が嘘であったかのように、ジャックは顔を伏せ、ぼそぼそと語り出した。

「宮城の病院に入院してるオフクロがさ、癌で危ないんだ……兄貴が言うには、今日の峠はもう越えられねえかもしれねえって……親不孝ばっかしてた俺だけど、なんとかオフクロの最期を見届けたくてさ……でも、そんなときに信頼してたダチに騙されて全財産持ってかれて……それで俺、わけわかんなくなってて……」

「たまたま近くにいた私たちを利用した、と？」

「ああ……でも今は後悔してる。アンタたちみたいな優しい人たちを巻き込んだこと、本当に申し訳ないと思ってる……ホントすみません」

「別に謝らなくていいよ」

「私たちは優しいんじゃなくて、投げやりなだけだから」

「それに旅の途中でイケメンにカージャックされるなんて、ドラマチックなアトラクションみたいで愉《たの》しかったし」

指定された病院の前で車を降りたジャックは、ウィンドウ越しに頭を下げた。

「あの、本当にありがとうございました。この御恩は……」

「そういうのいいから、早くお母さんのところに行ってあげて」

ジャックは再び頭を深々と下げ、病院のほうへと走り去った。

ジャックの後ろ姿が見えなくなると、ウサッチが大きく溜め息をついて、シートの背もたれに深く寄りかかる。

「さて、どうしよう。必要な物は揃ってるけど……卒業旅行の続き、する？」

必要な物とは、七輪に練炭、着火用のライターに、目張りをするためのガムテープ。それから、大量の睡眠薬のことだ。

ウサッチの問いに私とナユミンは、それぞれ答える。

「なんかね、とりあえず今日でなくてもいいかな、とは思ったんだけど……」

「……私も」

「そう。ならいったん保留にして、ひとまず帰ろうか……」

私たちはそれぞれに頷き合った。

私たちはお互いの本名も知らない。ＳＮＳでやり取りをした結果、これまでの経験や人生観が似ており、性格、志向が合ったから「卒業旅行」の名のもとに集まった。

五十年近くを生きてきて未来に希望を見い出せなかった私たちの、「人生からの卒業旅行」は一人のイケメンによってジャックされてしまったのだ。

雪の轍

佐藤青南

初出『5分で読める！　ひと駅ストーリー　冬の記憶・東口編』（宝島社文庫）

ことことと鍋の歌う音で目が覚めた。

新聞配達のバイクのエンジン音が聞こえたところまでは覚えているが、その後、いつの間にか眠ってしまったらしい。短いが、珍しく深い眠りだった。

私は疲労を引き剥《は》がすようにして、ベッドから抜け出した。寝室からリビングに入ると、カーテンの開いた吐き出し窓から差し込む日差しが、こころなしかいつもより白《しら》みがかっている。一瞬、霞み目かと思ったが、違った。窓際に歩み寄ると、思わず吐息が漏れた。外はいちめんの雪景色だった。

窓を開けると、白い地面で冷やされた清冽《せいれつ》な空気が滑り込んでくる。尻込みしてしまいそうな自分を叱咤《しった》しつつ、私は爪先にサンダルを引っかけ、庭に下りた。

「こらこら。そんな格好で、風邪引くぞ」

五歳になる娘の栞《しおり》が、一心不乱に雪玉を転がしていた。子供を諦めかけた頃に、ようやく授かった一粒種だ。起きるなり銀世界に気づいて興奮し、外に飛び出したのか。栞はパジャマにダウンジャケットを羽織っただけという、見ているこちらが風邪を引きそうな軽装だった。

「雪だるま、作ってるのか」

「うん」

「どれ、パパも手伝ってやろう」

「いらない」

「どうして。二人で協力したほうが、おっきいのができるぞ」

横に並んで雪玉を押そうとすると、手で胸を押された。思わぬ拒絶に苦笑いを浮かべた私は、しばらく娘の作業を眺めていたが、やがて寒さに耐えきれなくなって家の中に戻ることにした。どのみち、そんなにのんびりしている時間もない。顔を洗い、髭を剃《そ》り、スーツに袖を通して身支度を整えてから、キッチンへ向かう。

キッチンでは、妻の幸枝《さちえ》が朝食の支度をしていた。ちらりと私のほうを振り返って「おはよう」とだけ言い、味噌漉《こ》しの中で菜箸《さいばし》を忙しく動かし始める。

「栞のやつ、随分と熱心だな」

「昨日の夜から、積もるかな積もるかなって、ずっと外ばかり見ていたんだもの」

微笑したのか、後ろ姿の妻が両肩を軽くすくめる。

「そうだったな……それにしても栞のやつ、このところめっきり、きみに似てきたな。なんだか、あのときのきみを思い出したよ」

私は食卓の椅子を引きながらリモコンを手にし、テレビの電源を入れた。朝のニュース番組では、殺人事件のニュースを報じている。アナウンサーは神妙な表情で、通り魔的な犯行の見方が強いという、警察の見解を告げていた。

「あのとき、って……」

「ほら、一緒に雪だるまを作ったことがあったじゃないか。まだおれたちが結婚する前に、おれが一人暮らししていたマンションの駐車場で」

束《つか》の間《ま》、止まった菜箸が、ふたたび動き始めた。

「そう言えばあったわね、そんなことも」

「そんなことも……って、忘れてたのか。どっちが大きい雪玉を作れるか競争しただろう。そしたら、二人とも妙に張り切っちゃってさ。二つの雪玉を重ねたら、一メートルぐらいの大きな雪だるまになって……きみが、誰かに雪だるまを壊されたくないって言うから、おれの部屋のベランダまで運んだんだ」

「うん、覚えてる。栞もその話、大好きなのよ」

「なんだ、栞にも話していたのか。しっかり覚えているじゃないか。たしかに、あの話はオチがしっかりしているから、おれも取引先との商談なんかでよく使うんだ。あのとき、雪って重いんだということを思い知ったもんさ。翌日は腕がぱんぱんに張って。しかもその雪だるまが、いつまでも溶けないものだから……」

そこまで言って、自分が感傷的になり過ぎていることに気づいた。妻のすくめた肩が、小刻みに震えている。

「ごめん……つい。こんなときにする話じゃないよな」

「ううん、いいの。楽しかったわよね、本当に、あの頃……」

妻の声は次第に湿り気を帯び、最後には「ごめんなさい」と手で顔を覆った。ほどなく、押し殺した嗚咽《おえつ》が聞こえ始める。私はしばらく顔の前で手を重ね、目を閉じていたが、やがて未練を振り払うように低い声を絞り出した。

「離婚届、ありがとう……途中で出しておくから」

今日、私は家を出る。何日も説得を続け、ようやく昨夜遅く、離婚届に妻の署名をもらったのだった。

涙を収めた幸枝が、無理やりに作ったようなぎこちない笑顔を浮かべる。

「ねえ、覚えてる？　あなた……私のことを一生守っていくって、言ってくれたの」

「ああ、もちろん。覚えてるさ」

プロポーズの言葉だ。ベランダの雪だるまが、完全に溶け切った春先だった。あのときは一生ぶんの勇気を振り絞ったつもりだったが、人生には、それ以上に勇気が必要とされる場面が存在することを知った。それが、今だ。

「私も昨日のことのように覚えてる。あのとき、あなたが嵌《は》めてくれようとした指輪が冷たくて、私、びっくりして手を引いちゃったのよね……」

「本当におれは……昔から、なにをやっても駄目な男だったな」

昔から大事なときに限って、下手《へた》を打つ。間《ま》の悪い男だった。

「私は十分、幸せにしてもらった。あのときも嬉しかったもの……指輪は冷たくても、気持ちはすごく暖かかったし。栞もパパっ子じゃない」

「だけど……きみへの誓いは果たせなかった」

「そんなことない！」

力説する妻の言葉を、私は曖昧《あいまい》な笑みで受け流した。

「……私のこと、嫌いになったの？」

「そういう話はよそう」

決意が鈍《にぶ》らないうちに。私が立ち上がると、幸枝は慌てたように早口になる。

「朝御飯ぐらい、食べていくでしょう」

「いや、いらない。もう行くよ」

「待って！」

懇願を振り切って玄関まで歩き、座り込んで革靴を履く。追いかけてきた幸枝が、背後でまくし立てた。

「もう一度、考え直してみる気はないの。私、やっぱり別れたくない。栞にとっての父親は、あなたしかいないのよ。きっと大丈夫よ、なんとかなる」

「いいか、幸枝」

靴を履き終えた私は、振り返って妻の両肩を掴んだ。

「栞のことを思うからこそ、こうするしかないんだ。きみだって、わかっているよな。

おれたちは、もう無理だ。昨夜は、納得してくれたはずじゃないか」

「でも……」二の句が継げないでいる妻に、眼差《まなざ》しに力をこめて訴えかけながら、壁のキーフックに手を伸ばした。が、そこにかけてあったはずの車の鍵がない。

あれっ、と思ったそのとき、扉の向こうにいくつかの足音が近づいてきて、ドアチャイムが鳴った。乱暴なノックも続く。

怯《おび》えた様子で扉を見る妻に、大丈夫だと頷きかけ、私は扉を開けた。

強面《こわもて》の男が、何人か立っていた。知り合いではないが、彼らがどういう人種なのか、なんの目的で訪ねてきたのかは、すぐにわかった。

案の定、男たちは懐《ふところ》から警察手帳を取り出して見せた。

妻との離婚を成立させた後で自首しようと考えていたのだが、あいにく日本の警察は、私が想像する以上に優秀だったようだ。通り魔などと見当違いの捜査情報をマスコミに流しながら、確実に包囲網を狭めていたということか。

私が殺したのは、かつて妻を暴行した男だった。まだ私たち夫婦が借家住まいだった頃、近所に住んでいた男だ。犯行以前から妻に目を付け、私が家を留守にするタイミングをうかがっていたらしい。当初は刑事告訴を考えたものの、裁判で証言するのを嫌がった妻のために、示談に応じた。この家を購入する頭金には、あの男の支払った忌《い》まわしい金が含まれている。妻を守ることができず、あろうことか妻の痛みを金に換えたという後悔が、私の胸にどす黒い澱《おり》となって沈んでいた。

そして運命のいたずらが起こった。ひそかに抱き続けてきた願いが、私に復讐の機会を与えたのかもしれない。私は繁華街で、あの男の姿を見つけた。向こうは私の顔を忘れたかもしれないが、私はぜったいに忘れない。夜ごと私の夢に現れ続け、眠りを妨《さまた》げてきた男だ。

あの男は道行く若い女性に声をかけ、飲みに誘っている様子だった。嫌がる相手の手を引く強引な態度は、とてもかつての犯行を反省しているようには見えなかった。

「署で詳《くわ》しく話を聞かせてもらえますか」

刑事たちの中でもっとも年配の男に促され、私は家を出た。

「あなた！」

呼び止める妻を振り向き、かぶりを振る。

ふたたび歩き出そうとすると、「パパ！」と今度は娘の声がした。

栞が呆然《ぼうぜん》とした様子で、庭に立ち尽くしている。早朝から健気《けなげ》に転がし続けた雪玉は、三十センチ大ほどにまで成長していた。

そのとき、すべてを悟った。私はなんと愚かだったのか。

栞は無邪気に雪だるま作りを楽しんでいるわけではなかった。今日、私が自首することを知っていて、私を引き留めたい一心で、雪玉を転がし続けたのだ。

キーフックにかけてあったはずの車の鍵は、雪玉の中に埋め込んであるに違いない。

栞は車の鍵が見つからなければ、私が出かけられないと考えた。そしてかりに鍵の在《あ》り処《か》に私が気づいたとしても、私が雪だるまを壊すことはないと考えた。

栞が大好きだという、雪だるまの話。私と妻が若い頃、協力して雪だるまを作ったという話。あの話の続きはこうだ。

毎朝、ベランダに出て雪だるまの溶け具合を確認するのが、私の日課になった。押し固めた雪は意外なほど頑丈で、いっそ壊してしまおうかという衝動にも駆られたが、毎週末に訪ねてきて、「まだ頑張っているのね」と嬉しそうにする幸枝の手前、それもできない。完全にかたちがなくなって、雪の中に埋め込んだ指輪が姿を現す頃には、日差しが春の柔らかさを含み始めていた。考え抜いた演出が裏目に出て、プロポーズを延期する羽目になったという笑い話だ。

「パパ！　必ず帰ってきてね！　約束だよ！」

娘が口に添えた両手は、しもやけでむくみ、真っ赤になっていた。

パパなんて呼ぶな。もうパパじゃない。

私はおまえの、本当のパパじゃないんだ――。

私は口を開きかけたが、庭を縦横に走る雪玉の轍《わだち》を見ると、胸が詰まって言葉にならなかった。

走馬灯流し

逢上央士

初出『５分で読める！　ひと駅ストーリー　夏の記憶・東口編』（宝島社文庫）

僕にとって、夏は「後悔」の季節でしかない。

宿題を後回しにして最終日に泣いた小・中学校の夏。憧れていた女子が休み中に彼氏を作っていた高校二年の夏。備えあればと早めに就職活動を始めた結果、全く満喫出来なかった大学三、四年の夏——本当に夏には良い思い出がこれっぽっちもない。

必死の思いで入社した大手システム開発会社も収入は中の下。あげく、久々の有給休暇から戻ってきた僕を待っていたのは、不在の部下に体良《てい》くミスをなすりつけた上司と、これから向かう離島にある新設事業部への異動……という名の左遷命令だった。

「……うるさいな」

フェリーが出航するなり子連れの一行が弁当を広げワイワイと騒ぎ始めた。揚げ物の不快な匂いが鼻をつき顔をしかめるが、周囲を見渡しても空き座席は見当たらない。

「——よろしければ、別の席をご案内いたしましょうか？」

突然、乗務員らしき男が微笑みかけてきた。全てを見通すような瞳に促《うなが》されるまま移動すると、先程は見落としていたのか、最後部にぽっかりと空き座席が見つかった。

「では、良い船旅を」

スーツ姿の男は涼やかな表情で一礼しその場を去っていく。自らの仕事に誇りを持っているのがありありと分かる堂々とした後ろ姿に、思わず己《おのれ》を顧《かえり》み比較してしまう。

自らのままならない人生に背を向け、僕はせめてもの午睡を楽しむことにした。

——気が付くと、僕は受話器を握りしめていた。

『……おい、聞いてるのか？』

電話口から響く幼い声に、子供時分仲が良かった男友達の顔がフラッシュバックする。僕の身体も男児そのもの。しかもここは数年来帰っていない実家ではないか。

（……ああ、これは夢か）

寝入る前に思い浮かべた後悔のせいで夢を見ているらしい。この頃は確か……。

『それでさー、夏休みの宿題なんだけど……』

彼の話では、現在は二十年前の八月二十八日。そろそろ皆が焦り出す時期だ。

「……そうだ」

いいアイデアを思いついた僕は、友人にある提案を持ちかけた。


翌日。運良く空いていた公民館の会議室に集まったのは、宿題が終わっていない同級生総勢三十名。友人に頼んで方々声を掛けた結果がこれだ。

「これからチームごとに分かれて、それぞれの得意教科を担当してもらう」

突然の呼び出しに訝《いぶか》しむ皆を、小狡《こずる》い大人の口八丁でなんとか宥《なだ》め賺《すか》した僕は、彼らを得意科目ごとにチーム分けし、各々に担当箇所を振り分けていく。

「テキスト課題はこれでよし、と。次は読書感想文だが……」

早速課題に取り組み始めた者達の中から、一人を呼び出す。

「指示した本は読んできたか？　これからその本についてディスカッションするぞ」

メンバー集めの際、各々にページ数の少ない課題図書を挙げておいた僕は、カセットレコーダーをセットし、本の感想について次々と質問を投げかけていくのだった。


迎えた夏休み最終日。各チームが終わらせた課題を（適度に間違えながら）写す作業も、録音したテープを元に読書感想文を書き起こす作業も、前日までに終了した。

「残るは自由研究だが……。みんなにやってもらう研究は――これだ」

黒板に大きな紙を貼り出す。そこには周期律表と呼ばれる元素一覧が書かれている。

「これから各人、図書館で担当する元素について調べてもらう。いまから配るプリントのフォーマットに従って記入すればいいが、写真はなるべく手描きで模写してくれ」

用意しておいた藁半紙《わらばんし》を皆に配る。そこには元素の名称・記号や、それが身の回りのどんなものに使われているかなど、項目ごとに記入事項が並べられている。

「このプロジェクトが終わったらパーッと打ち上げだ！　気合入れていくぞ！」

その後、勢いのままに無事全ての宿題を終えた僕達は、大人顔負けの打ち上げを敢行。盛り上がりすぎて翌日全員が遅刻するという失態をしでかしたのだった。

——あれから、五年が経った。

あの時、皆で作成した自由研究——個々で完結し、まとめて元素マップになるアイデア——や、コンクールで賞を独占した読書感想文は、大きな話題となった。

立役者である僕はいつしか「神童」と呼ばれ、尊敬と賞賛の眼差しを浴びつつノスタルジーを満喫する生活にも最近ようやく慣れた気がする。——夢は、未だ覚めない。

周囲の期待をよそに、僕はあえて元の人生と同じ進路を選んだ。小学生時代の後悔にリベンジを果たした僕は、次の後悔——夏休み明けに彼氏が出来ていた憧れの彼女——へと照準を定め、ひたすら自分磨きに励んだ。頼ってくる者達には惜しみない助力を与え評判を上げることも忘れず、来《きた》るXデーに向け出来る限りの準備を行った。

高校二年の春。その成果は、思わぬ形で成就した。こちらからアプローチするまでもなく、同じクラスになった憧れの彼女が僕に告白してきたのだ。夏休みに向けて綿密な告白プランを練っていた僕は、どこか拍子抜けした気持ちを覚えた。

その代わりといってはなんだが、高校二年の夏は思い出作りに精を出した。海での水着デートや夏祭りなど、学生時代でしか味わえない甘酸っぱいイベントの数々を惜しみなく満喫した夏休み。すっかり人気者となった僕があまりのチヤホヤぶりに思わず他の女の子ともデートをしてしまい、彼女にこっぴどく叱られたのも……痛い思い出だ。

　——それから、さらに五年の月日が流れた。

　大学へ進んだ俺は、以前の教訓を生かし効率よく単位を取得。三年以降はバイトとサークル活動に目一杯費やした。彼女とは遠距離恋愛になってしまったが、その分密度の濃い時間が過ごせていると自負できる。——もう、何が夢なのか分からなかった。

「……で？　お前らの相談って？」

　俺の前には小学校からの友人一同が雁首《がんくび》を揃えている。数ヶ月会わぬ間に彼らは髪を黒く染め、暑い中真っ黒なリクルートスーツを身に纏《まと》う就活戦士へと変身していた。

　全力でモラトリアムを満喫し、すっかり就活戦線に出遅れてしまったという彼ら。四年の夏を過ぎても就職が決まらず途方にくれていた彼らは、全く就職活動をしていない俺の噂を聞きつけ、何か秘策があるのではと最後の望みを託しに来たのだという。

「……ああ。俺は元々、起業するつもりだったからな」

　呆《ほう》けた様子の一同。後数年で学生ベンチャーなんて珍しくもなくなるが、この時代ではまだ一般的じゃない。ネットもようやくブロードバンドが出始めたくらいだ。

「仕方ない。その気があるなら……一緒にやるか？」

　一人で始めるつもりだったが、ここまで共に時間を過ごしてきたのも何かの縁だ。

　すっかり馴染みとなった彼らの縋《すが》るような瞳に、俺は旅行会社のパンフレットを広げながら、これから立ち上げようとしているビジネスについて説明を始めたのだった。

――そして、時間は現在へと戻る。

三十一歳になった俺は、例の離島を目指すあのフェリーに乗っていた。

「こら、おとなしくしてなさい」

隣では、高校からずっと付き合ってきた妻が周囲の迷惑にならぬよう元気盛りの我が子を諫《いさ》めている。――俺はあの島へ「異動」ではなく「観光」で向かっているのだ。

輸入代行ビジネスを立ち上げた俺は、その後海外ショッピングサイトの翻訳・配送代行事業や個人間取引代行業なども手がけ、どんどん会社を大きくしていった。起業当初は俺の指示がないと何も動けなかったビジネスパートナー達も、近頃は自発的に新しい企画を進めたり、積極的に外とのコミュニケーションを図るようになってくれたため、なんとか俺が不在でも会社を回せる状態にまでこぎつけることができた。

そして迎えた本日。数年前からの計画に基づき、俺は久しぶりに会う家族を連れ、以前とは全く異なる形であの島を訪れた。雲一つない青空。燦々《さんさん》と輝く太陽も鼻をさす潮の香りも、以前と全く違った感情を喚起し、全てが俺を祝福してくれているように錯覚する。

「これで、もう後悔することは何もない。な……」

感無量で漏れ出た呟きは、海風に乗りどこまでも澄み切った空へと飛んでいった。

――あの記憶から、もう幾年が過ぎただろうか。

成功者となった私は今、四ヶ月に渡って世界を回る豪華客船の甲板に立っている。

「どうして……、どうして、こうなった」

自らの老いにも気づかぬほど、ただひたすら駆け抜けた数十年――後には、何も残されていなかった。

大きな成功を成《な》し遂《と》げる度《たび》、親しい者達が離れていく。惜しみない愛を注いでいたはずの妻や子供は、真っ先に三行半《みくだりはん》を突きつけ、互いに信頼し合っていたはずの友人達も「成功」という蜜に寄る誘惑に負けたのかいつしか姿を消していた。結果、周囲には隙あらば私を貶《おとし》め地位を掻《か》っ攫《さら》わんとする魑魅魍魎《ちみもうりょう》の輩《やから》しか残っていなかった。

「どこで間違えた……、そもそも、過去なんて変えなければ良かったのか……」

何もない空を見上げ呟く。人生をやり直してまで、私は何がしたかったのだろうか。

私が望んでやまなかったものとは、こんなにも薄っぺらいものだったのだろうか。

「もう、疲れた……」

夢遊病者のようにフラフラと安全柵を乗り越えた私は、空虚な天蓋から視線を落とし、暗く濁った水面へと己《おのれ》の身体を吸い込ませたのだった。

「――お客様、そろそろ島に着きますよ」

私の意識が深い闇から引きずり出される。こちらを覗き込む乗務員の姿が目に入ると同時に、周囲の景色が現状を認識させるべく情報を送り込んでくる。

ここはフェリーの後部座席。前方には騒がしく駆け回る見知らぬ子供達。これから私……僕は島で待つ「地域振興事業企画室」のスタッフと合流し、地方雇用活性化を謳《うた》う社長の自己満足を満たすべく新生活を始める。……ははは。やっぱりあれは……、——はてさて、先程までの僕は胡蝶《こちょう》か荘子《そうし》か。ただの白昼夢《はくちゅうむ》では到底説明できない経験。僕はもう一度目を閉じ、ゆっくりと走馬灯を回し始める。

「はは……、ははは っ……！」

結末は悲劇。また新しい後悔が積み重なっただけの長い、永い微睡《まどろ》み。にも拘《かか》わらず、えも言われぬ達成感と満足感が沸き上がる。こんなに腹から笑ったのは、先の人生でもついぞなかっただろう。——これからの人生が楽しみで仕方ない。

「どうしました？」

「いや、なんでもない。起こしてくれてありがとう」

憑《つ》き物が落ちた心持ちで、素直に感謝の笑顔が飛び出る。そんな晴れやかな僕の様子を見て、乗務員の彼は全てを見通した顔で微笑んだ。

「——良い後悔は、楽しめましたか？」

パラダイス・カフェ

沢木まひろ

初出『５分で読める！　ひと駅ストーリー　夏の記憶・西口編』（宝島社文庫）

やたらハイセンスな、言いかたを変えれば「気取った」雰囲気の店だが、出されるものは悪くないのだ。

カウンター席に落ち着くと、俺はいつものハニーマスタードチキンサンドイッチにかぶりついた。癖になるこの味つけ、何度食っても最高だと思いながら、やわらかな鶏としゃきしゃきの野菜、香ばしいパンのコンビネーションを堪能する。コーヒーがまたうまかった。店はエスプレッソを推《お》してるようだけど、俺は必ず普通のコーヒーのLサイズを買う。飲みものはやっぱり、たっぷりあったほうがいい。

「タカスギ」

背後から呼ばれた。サヤマが立っていた。両手で持ったトレーに、俺と同じハニーマスタードチキンサンドと普通のコーヒーのLサイズが載っている。

おう、と俺は返し、隣の椅子に置いていたバッグをのけた。ここ数日の猛暑についてひとしきり愚痴りあうが、店内は適度に涼しい。空調のききようがあまりガンガンでないあたりも、ハイセンスな店のハイセンスたる所以《ゆえん》だろう。

「試験どう」珍しくサヤマが大学のことを尋ねてきた。

「まあまあかな」俺は答えた。このカフェは、すぐ近くにある私立大学の御用達《ごようたし》的存在だ。いまはとくに前期定期試験の真っ最中なので、テキストやノートを広げて長居を決めこむ学生が席の半分以上を占めている。

「俺はダメだ。集中力が一時間もたない。こんなんでよく入試突破できたよ」

真顔で言うサヤマを見て、俺は笑ってしまった。

「君、東京の人だよね。よかったら友だちになってくれないか」

三か月前、この店でハニーマスタードチキンサンドを食っていた俺に、サヤマが声をかけてきたのが始まりだった。入学式で、彼は俺の斜め後ろに座っていたという。俺はそんなもの出ていないのだが、ともかくサヤマはそう主張し、いかにも「東京の人」っぽく見えたらしい俺にいろいろと教えてもらいたがった。しかし何を隠そう俺も、服や髪型や腕時計でぎりぎり演出してるだけの地方出身者なのだった。

地方出身者どうし、会話してみれば馬が合った。ああハニーマスタード食いてえなと思って俺が訪れると、サヤマもたいてい現れる。毎回同じカウンター席で、同じハニーマスタードチキンサンドとLサイズのコーヒーを楽しみつつ、どうでもいいことをしゃべりあう。三か月で十回は会っているのにお互い苗字しか名乗っておらず、メールアドレスも携帯番号も交換していない。そもそも大学構内で顔を合わせたことが一度もない。変と言えばそうとう変だが、俺にとってサヤマという男は、つねにこのカフェとセットなのだ。サヤマにとっての俺も、たぶんそうなんだと思う。

「夏休みは帰省するのか？」サヤマがまた質問した。

少し考えてから俺は「そうだな」とうなずいた。するとサヤマは小さなため息をついて、全面ガラス越しの外を眺めた。

「おまえといると、ほっとするよ」

「えっ？」気色悪い物言いに、俺は少なからず動揺した。

「最初におまえと会ったとき、マジで安心したんだ。なんだ、東京にも話しやすそうなやついるじゃんって。まあ、実際は東京の人じゃなかったわけだけど」

サヤマは岐阜《ぎふ》。俺は岩手《いわて》。ともに「○○郡○○村」の出身だ。

「それにおまえセンスあるしな。おかげで俺の服、かなりマシになっただろ？」

座ったままサヤマは俺のほうを向いてみせた。胸に「STAY GOLD」と書かれた白いTシャツとベージュのチノパン。ものすごくおしゃれとは言えないし「STAY GOLD」はどうだろうとも思うが、港区のカフェにおいて浮きまくりというほどではない。

「なったよ」力強く太鼓判を捺《お》してやった。何しろ出会ったときの彼は、秋葉原《あきはばら》から瞬間移動してきたみたいな服装だったのだから。

「あっという間だよなあ」

サヤマはまた窓のほうへ向いた。

「たった三か月で、俺の服はこれだけマシになった。秋になったらまた何かしら変化してるんだろう。変わるのは悪いことじゃないけど、早すぎるよ。こんな調子で来年もすぐ来るんだろうな。そのころにはおまえも俺も就職のこととか考えはじめてて」

サヤマにならって俺も窓の外を見る。真っ白な夏の光があふれていた。舗道を歩くおしゃれな港区っぽい人びとも、みんなまとめて溶けていきそうだ。

「一瞬一瞬を大事にしたいって、いつも俺は思ってる。なのにどうしても目の前のことに囚《とら》われる。それで大事な一瞬が、大事にできないままどんどん過ぎてしまう」

彼の感傷は、心地よい音楽のようなものだった。

「そういうのがときどき、涙が出そうに寂しくなるんだ。俺、弱い人間なのかな」

「弱い人間なんじゃねえの」

身も蓋もなく締めてやると、だな、とサヤマは笑った。顔を見合わせ、さらに声を上げて笑う。何もかもいつものパターンだ。

「なあ、ビール飲もうぜ」サヤマが言った。「夏休みは郷里《くに》に帰るんだろ？　しばらく会えなくなるしさ」

また気色悪いことを言いやがる。「だって、ここで酒って」

「平気平気。あっちにも飲んでるやついるし、おまえも俺も十代には見えないよ」

サヤマはお茶目に笑って両手を合わせた。

「何、俺が買うわけ」

「悪い、さっき手持ち使っちゃって。あとで返すから」

しょうがないので俺はレジへ行き、生ビールふたつ、と注文した。年齢確認として身分証の提示を求められ免許を示すと、レジの女の子はろくに見もせず、きれいな泡の立ったビール二杯を速《すみ》やかに出してくれた。にやにやしながら席に戻った俺を、にやにやしながらサヤマが迎えた。

「うめー！」同時に叫んだ。

悪魔的なうまさだった。瞬時に飲みほしてしまい、グラスを置くと、サヤマがまたお茶目な笑顔で拝む格好をしてみせる。俺は苦笑した。再びレジへ行き、二度めなので身分証を要求されることもなく、新しいビールをゲットして戻った。

「そういや、おまえと恋バナってしてないな」上機嫌でサヤマが言う。「まあ俺の場合、年齢イコール彼女いない歴ってやつだから、話自体ないんだけど」

「俺もだよ」俺は笑った。

「だから理想ばっかり高くなるの。語ってもいい？」

「どうぞ」

「髪はストレートロング。色が白くて黒目が大きくて、その目が笑うとキュッと三日月になる。一緒に歩いてるときは楽しそうに俺の前後を行ったり来たりして、でも俺が立ち止まったらすぐ気がついて『どうしたの？』って顔してくれる。料理はできなくてもいいけど、なんでもうまそうに食ってほしい。ちょっとトロいとこがあって、でも高校では陸上やってました、なんて設定だとかなり萌《も》える」

「一生言ってろ。だったら俺も語るぞ」

「おう」

「まず身長が俺より十七センチ低いこと。これだとヒール履いても追い越されないし、腕組んでも抱きつかれても美しいし、キスするにもちょうどいい。肌がきれいで、だから化粧はリップだけ。髪は黒髪セミロングで、俺と会うときはそれを頑張ってゆるふわに巻いたりする。甘えんぼだけど世話焼き。料理上手でよく食って、でも絶対に太らない。以上をすべてクリアしても足首が細くなきゃ失格だ」

「一生言ってろ!」

爆笑し、さらにもう一杯ずつビールを飲んだ。笑ったら腹が減ったとサヤマが言うので、またまたレジへ行き、ハニーマスタードチキンサンド二人前を買ってくる。ビール三杯でさすがにトイレが近くなり、先に行ってこいよと言われて席を立った。戻ってくるとサヤマの姿はなく、カウンターに置いた俺のバッグも消えていた。やれやれ、と思った。こんなこともあろうかと、バッグのなかにタオルと雑誌しか入れておかなかったのは正解だった。

俺は港区にある私立大学の学生なんかじゃない。ついでに歳は二十八。若く見えるのを利用して金のありそうな坊ちゃん嬢ちゃんの集まる場所に出没しては、スリや置き引きで日銭を稼ぐのが生業《なりわい》だ。三か月前、この店で飯を食っていたのもそういう目的があったからなのだが、仕事を始める前にサヤマに声をかけられてしまった。

むろんサヤマも学生じゃない。純朴な人物を装って話しかけ、親しくなり、相手が油断したところで盗んで逃走する。そんな手間暇かかる流儀が実在するらしいと、噂には聞いていたがまさか自分が遭遇するとは。

あいつが同業者であることなら、会ったその日にわかっていた。だいたいどう見たって三十超えてて、入学したての大学生に化けるなど無理がありすぎる。

しかも、と思いながら俺は、尻ポケットに入れていた五千円札を抜き出した。

前回、サヤマのリュックから失敬したものだ。ここまですればさすがに気づくと思ったのに、あいつは今日ものこのこ現れ、俺を地方出身のお坊ちゃん学生と信じこんだまま、金目のものは一切入っていない吉田カバン〝もどき〟を盗んでいったのだ。

なんで三か月もつきあっちまったか。ああ、なんだか飲み癖がついた。最後にスパークリングワインでもやっていくか。

「六百円になります」

レジの女の子に言われてサヤマの五千円札を出す。そこで俺はハッとした。

生ビール二杯で千円。それが三回で三千円。ハニーマスタードチキンサンド五百円が二人前で千円。――合計、四千円。

思わず店の出入り口を振り返った。

「お客様……？」

呆然と向きなおり、冷えた小瓶と釣りを受け取る。騙された。みごとに騙された。老《ふ》けたド素人《しろうと》と思いきや、あいつは俺より上手《うわて》だったのだ。

窓際の席へ移った。プライドはずたずたなのに、ストローの差された小瓶を眺めるうち、自分でも思いがけず笑いがこみあげてきた。

四千円は取り返された。すると残り千円は餞別《せんべつ》みたいなものか。ワインの六百円を引いて残り四百円。こいつはタバコ代か？　例えば俺が長年吸ってるウィンストン。まさかそこまで計算してたとか？　やってくれるじゃん、サヤマ。

三か月、ついダラダラしてた理由は明白だ。俺はこのカフェが好きだった。ハニーマスタードチキンサンドとコーヒーが最高だったし、何より彼がいた。楽しかったのだ。気のおけない誰かと、どうでもいいバカ話をするってことが。

休暇はおしまい。明日から仕事再開だ。

真っ白な夏の光に向かって、俺は小瓶を掲げた。

かわいそうなうさぎ

武田綾乃

初出『５分で読める！　ひと駅ストーリー　冬の記憶・西口編』（宝島社文庫）

ぼくはうさぎを飼っていた。真っ白なのに汚れている、かわいそうなうさぎだった。ぼくの通っていた保育園では毎年うさぎがたくさん子供を産む。狭い小屋の中ではそんなに多くのうさぎを飼えないから、先生たちは引き取り手を探していた。

「おうちの人にいいって言ってもらったのね？」

小学生のぼくに、先生はそう何度も念を押した。ぼくは何度も頷いた。本当はうそだったのだけれど。

ぼくには三つ下の妹がいる。パパもママも妹が生まれてからは、ぼくにあまり構わなくなった。でも、ぼくは文句を言わないようにしている。お兄ちゃんだから。妹はぼくと違って子供だからわがままばかり言うのだ。妹の相手に忙しいパパやママに、うさぎを飼いたいだなんて言えなかった。迷惑を掛けたくなかったのだ。

段ボール箱に入ったうさぎは、予想以上にずっしりしていた。まだ生まれてから二か月も経っていないのに、ずいぶんと大きくなっている。出会った頃は、もっと小さかったのに。

保育園は小学校の近くにあった。だからぼくはいつも帰り道にそこに寄り道することにしていた。妹は私立の幼稚園に行っていたから、会うことは絶対になかった。

「そういえば、この前うさぎが生まれたの。良かったら見ていく？」

ある冬の日、先生は何気ない口調でそう言った。ぼくは頷いた。ママは動物が嫌いだけど、ぼくは動物が好きだった。学校では飼育係としてうさぎのお世話をしている。みんな動物は臭いから飼育係はいやって言うけど、ぼくはそうは思わない。生き物はみんな臭いものだから、臭いがするのは仕方ない。

「寝てるところだから驚かさないようにしてね」

先生はそう言って、ぼくにうさぎのいるゲージを見せてくれた。青いゲージの中には真っ白な母うさぎと、その周りで眠る数羽の子うさぎが見えた。生まれたてのうさぎは本当に小さかった。ぼくの手よりもずっと小さい。真っ白なうさぎがたくさんいる中で、端っこのうさぎだけが泥で汚れて薄汚かった。

「大きくなったらこのうさぎたちも元のうさぎ小屋に戻すんだけど、うさぎの数が多すぎて、餌を食べられない子が出てくるの。ウサギ同士で喧嘩もするしね。家で飼ったら十年近くは生きるらしいんだけど、ここで飼うとあんまり長生き出来ないのよ」

ぼくはゲージの隙間から指を入れた。ひやりと冷たい感触が皮膚に張り付く。

その時、ピクリとも動かなかった薄汚れた一羽のうさぎが、こちらに向かって近付いてきた。うさぎはひくひくと鼻を動かして、ぼくの指先にその頭を擦り付ける。

「わあ！　かわいい！」

「きっと君のことを気に入ったのね」

先生はそう言って微笑んだ。うさぎの毛はほわほわしていて柔らかかった。身体を洗ってやったらきっと、真っ白な身体に戻るのだろう。多分、雪みたいなそんな色になる。ぼくは指先でうさぎの耳をいじりながら、先生の顔を見上げた。

「ねえ、このうさぎ飼っていい？」

先生はさっき言った。家で飼ううさぎは長生きすると。弱々しいこのうさぎも、きっと連れて帰ったら元気になるだろう。先生は腕を組むと、困ったような顔をした。

「まだ小さいから、もう少し大きくなるまで待ってくれないかな。それに、おうちの人に許可を貰わないと——」

「わかった！　待つ！」

先生の声を遮《さえぎ》って、ぼくは元気よく返事した。パパやママにお願いする気なんて初めからなかった。

かわいそうなぼくのうさぎ。誰にも必要とされないで。

ぼくがこのうさぎを助けてやろう。ぼくはもうお兄ちゃんだし、パパやママの力を借りなくても、うさぎぐらい飼えるはずだ。お年玉だってずっと使わず貯めてたし、飼育係をしていたおかげでうさぎの飼い方だって知っている。

「大丈夫だよ、先生。ぼくがこの子の家族になるの」

目の前の小さな小さな生き物が、ぼくにはとても愛《いと》おしく思えた。

だってこいつには、ぼくしかいないんだもの。

うさぎの入った段ボール箱はとても重かったので、ぼくは公園で一度休憩することにした。ランドセルをベンチに置き、ぼくは膝の上に箱を乗せる。うさぎが逃げないようにそーっと箱を開くと、うさぎは震えながら箱の中でちぢこまっていた。

「ねえ、寒いの？」

まだ六時なのに、あちこちで街灯が点《つ》いている。冬になると太陽は怠け者になって、あっというまに姿を消してしまう。

夜は寒いから嫌いだ。ダウンジャケットを着込んだぼくは、手袋越しにうさぎを撫でる。うさぎの毛はこんなにふさふさだけど、ぼくの頭は髪の毛があっても寒いから、毛の量なんて寒さに関係ないのかもしれない。

「寒いのはいやだよね」

ぼくは首からマフラーを外すと、うさぎの身体に掛けてやった。うさぎは驚いたように耳をピンと立てていたけれど、やがてゆっくりとぼくの方に顔を近付けてきた。ぼくは顔を突き出すと、鼻と鼻でちゅーをした。うさぎは嬉しそうだった。

家に帰ると、ぼくは段ボール箱を押入れに隠した。それから貯金箱を割って、お年玉を取り出した。トイレと、あとは餌も買わなくちゃならない。小学生のぼくには高いけど、でもうさぎのためならしかたない。だってうさぎには、ぼくしかいない。

かわいそうなぼくのうさぎ。

「待っててね、今ごはんを買って来るから」

ぼくの言葉に、うさぎは嬉しそうにパタパタと耳を震わせた。

それからぼくは、だれにも内緒でうさぎを飼った。うさぎとぼくはすぐに仲良くなった。台所からこっそり取ってきたニンジンの皮をあげると、うさぎは嬉しそうにぼくに体をくっつけてきた。夜はふとんで一緒に寝た。うさぎはフンをたくさんした。それからおしっこもした。臭うとママにみつかっちゃうから、ぼくはこまめに段ボール箱を取り換えた。ぼくはうさぎを隠し続けた。

――だけどある日、妹にバレた。

ぼくが学校から帰ると、なぜか自分の部屋の扉が開いていた。さっと身体中の血が冷えていくのが分かった。恐る恐る扉を開けると、妹が段ボール箱からうさぎを取り出していた。うさぎは逃げるようにバタバタと暴れていた。

「なにやってるんだよ！　今すぐ離して！」

ぼくは思わず妹を怒鳴った。しかし妹はうさぎを離さない。

「離せって言ってるだろう！」

「ヤーダー！　ミウもうさちゃんだっこする！」

妹はブンブンと首を横に振った。その間も、うさぎは妹の腕の中でじたばたと暴れている。知らない人に触られてびっくりしているのだ。無理やり奪い取ろうとぼくが妹の腕を掴んだ瞬間、うさぎはぱっと妹の手から飛び出し、部屋の外へと逃げ出してしまった。まずい、リビングには今パパとママがいる。見つかったら大変だ。慌ててうさぎを追おうとした僕のシャツの裾を、妹が掴んだ。ハッとして振り返ると、その目は決壊寸前だった。

「ちょっ、ミウ――」

「うわあああああああああああああん！」

ぼくがなだめようとしたその瞬間、妹は急に大声で泣き出した。その音量にすっかり驚いて、ぼくはその場で固まってしまった。妹の泣き声を聞きつけたのだろう、パパとママが慌てた様子で二階へと上がってきた。

「どうしたの？」

ママの問いに、妹は泣きながら叫んだ。

「おにいちゃんが！　ミウのうさちゃんとった！」

「「うさちゃん？」」

パパとママが同時に首を傾《かし》げたところで、タイミング悪くうさぎが戻ってきてしまった。言い訳すら出来なくて、ぼくは洗いざらい白状した。うそを吐《つ》いてうさぎを引き取ったことや、内緒でうさぎを飼っていたこと、全部を。

「……ごめんなさい」

ぼくは謝った。パパとママは困ったように顔を見合わせた。

「このうさぎ、どうする？」

「保育園に戻すしかないわね」

そうママが言ったところで、妹が駄々をこねだした。

「ミウ、うさちゃんといっしょにいる！　絶対いる！　バイバイしたくない！」

パパとママは何とか妹を説得しようとしたけれど、妹はうさぎを飼うと言って聞かなかった。説得は一時間ほど続いたが、ついに根負けしたのか、パパが諦めたように息を吐いた。

「そこまで言うなら仕方ない。飼うことにしよう」

その言葉に、妹の顔がぱあっと明るくなった。

「うさちゃんとバイバイしなくていいの？　やったあ！」

無邪気に喜ぶ妹の姿を見て、パパもママも諦めたように笑い合った。うさぎもすっかり懐《なつ》いたのか、妹のされるがままになっている。

「そうと決まれば、お家《うち》を買ってあげなきゃ。リビングでみんなでお世話しようね」

動物嫌いのママはそう言って、妹の頭を撫でた。妹は満開の笑みで、大きく頷いた。

この瞬間、うさぎはかわいそうではなくなった。一人ではなくなったんだもの。


その日の夜、ぼくはこっそりと部屋を抜け出して、うさぎのところへ行った。いつもはぼくのベッドで一緒に寝ていたから、離れ離れになるのが寂しかった。家族はみんな眠っていて、リビングはしんと静まり返っている。フローリングが冷たかった。

うさぎはゲージの端に丸まっていた。ママが家を買ってきてくれたのだ。ぼくがうさぎの名を呼ぶと、うさぎはぱっちりと目を覚ました。ゲージを開けると、うさぎはじゃれるみたいにぼくの膝へと飛び乗った。うさぎはぼくのことが好きなのだ。

ぼくはうさぎと鼻をくっつけて、それからその首に手を伸ばした。指先で顎の下を撫でると、うさぎは気持ちよさそうに目を閉じた。ぼくはそのまま力を込め、小さなうさぎの首をしめた。ポキッと悲鳴みたいな音がして、すぐにうさぎは動かなくなった。うさぎは死んでしまったのだ。その死骸を見下ろして、ぼくは大きく溜息を吐く。

「だって、仕方ないじゃん」

かわいそうじゃないうさぎは、ぼくには必要ないんだもの。

冬空の彼方に　喜多喜久

初出『5分で読める！　ひと駅ストーリー　冬の記憶・西口編』(宝島社文庫)

「……雪の勢いが強くなってきたな」

隣で木の根を掘り起こしていたJが、小声で私に話し掛けてきた。私は子供の頭ほどもある岩を手押し車に載せ、「ああ」と答えた。

「やるか」Jはさらに声を低くした。「千載一遇の好機かもしれん」

私は開墾作業中だけ着ることを許された外套の襟《えり》を掻き合わせ、背後に聳《そび》える、捕虜収容所の建物に目を向けた。レンガを積んで作られた高い外壁は、舞い踊る雪の向こうに隠れて、今はぼんやりとしか見えない。

「そうだな。やろう」

私は決然と言った。

我々は数カ月前から、この時が来るのを待っていた。屋外にいる時に雪が激しく降り出す、この瞬間を。吹雪は敵の視界から人影を消し去り、地面に残る足跡を白く塗り潰してくれる。今やらねば、もう二度とこんな機会は訪れないかもしれない。

「好機なのは間違いない。だが、危険が伴うことには変わりない。生きて帰れる可能性は高くないだろう。後悔はしないか」と、私はJに問うた。この収容所に捕らえられている同胞は、Jだけだった。結束させないために、同じ民族は可能な限り別々の収容所に入れられるのだ。

Jが白いため息をこぼした。

「結果は二の次だ。このまま囚《とら》われの身でいる屈辱には耐えられん」

私は頷いた。我が軍の兵士なら、誰もが我々に同意するだろう。捕虜として生き恥を晒《さら》すくらいなら、無謀だと分かっていても、最後まで抵抗して死ぬべきである――それが、我々なりの矜持《きょうじ》の示し方なのだ。

乗っていた艦船が敵の攻撃で沈没し、漂流しているところを捕らえられ、山中にある、深い森に囲まれたこの収容所に放り込まれた日から、我々はずっと脱走することだけを考えてきた。今、ようやくその願いが叶《かな》うのだ。

私は地面を掘り返す作業を続けながら、捕虜を監視している兵士に目をやった。二十代前半と思《おぼ》しき若い兵士は、舞い散る雪片をぼんやりと眺めている。手に銃を持ってはいるが、捕虜の働き振りには何の興味もなさそうだった。もうすぐ正午になる。昼食の時間だ。早く詰め所に戻って、温かいスープを飲みたい――そんな心の声が聞こえてきそうな表情だった。

「やるぞ」

私はJに頷いてみせてから、互いに数メートルの距離をあけて、じりじりと作業区画の端へと歩き出した。我々が開墾作業に従事している荒れ地は収容所の裏手にあり、その向こうは鬱蒼とした森になっている。森に逃げ込めば、少なくとも銃弾からは身を守れる。

私はちらりと後ろを振り返った。若い兵士は怪訝《けげん》な様子で我々を見ていた。彼がこちらに一歩を踏み出す。私はJを見やった。互いの視線がぶつかる。

――死ぬなよ。そんな声が聞こえた気がした。

私とJはほぼ同時に、全速力で駆け出した。

『待てっ！』

兵士の声が聞こえたが、無論、立ち止まるつもりは毛頭ない。もう後には引けない。前に進むしかないのだ。

森までは百メートルほど。開墾作業中の荒れ地は、元は森の一部だったため、そこら中に残っている切り株につまずかないように、ジグザグに走らねばならなかった。思った以上に時間が掛かっている。まずいな。私の背中を焦燥感が走る。それを察したかのように、鋭い銃声が鳴り響いた。

反射的に振り返ると、収容所の中から数人の兵士が飛び出してくるのが見えた。全員が銃を持っていた。予想より対応が早い。

畜生、と心のうちで呟き、歯をくいしばって前を向いた次の刹那《せつな》、数発の銃声が聞こえた。私の右斜め前を走っていたJが、つんのめるようにして前方に倒れ込む。彼のふくらはぎからは真っ赤な血が流れ出していた。

軌道を修正し、駆け寄ろうとした私に、Jは「来るな！」と叫んだ。

「この足では、俺はもう逃げられん。お前だけで行け！」

「しかし……」

速度を緩めかけた私の耳元で、鋭い風切り音がした。銃撃は依然として続いている。ぐずぐずしていたら、雪で白く染まった地面に、私も血を散らすことになる。

私は「すまん」とだけ言って、Ｊのすぐ脇を駆け抜けた。

森はもう目前に迫っていた。私はＪを置き去りにする罪悪感を振り払うように、一目散に森へと飛び込んだ。

枯れ葉を踏み、枝を巧みにかわし、木の根を飛び越えながら、私は走り続けた。どのくらい走っただろう。私は大きな樹の陰に身を隠し、後ろを振り返った。耳を澄ませてみるが、足音も人の声も聞こえない。私は太い幹に背中を預け、頭上の枝を見上げながら、呼吸が落ち着くのを待った。

追ってくるものは誰もいなかった。脱走に成功したのだ。

安心するな。これはまだ始まりにすぎない――。私は自分にそう言い聞かせた。私は生き延びねばならない。とにかく山を降り、街を目指さねば。街中に潜伏し、反撃の機会を探るのだ。

地図もコンパスもないが、下っていく方に進んでいけば、いずれは麓《ふもと》に着くはずだ。私は辺りの様子を窺いながら、再び歩き出した。

周囲の木々は、葉をすべて落とした寒々しい姿を晒している。白茶けた梢《こずえ》が延々と続く、代わり映えのしない景色の中、私はひたすら足を前に進めることに注力した。

しばらく経《た》っても、雪が止む気配はなかった。風の音に混じって、私が雪を踏みしめる音だけが響く。梢の間を抜けてくる風は、私の皮膚を切り刻もうとしているかのように鋭い。早くも、足先の感覚は鈍くなり始めていた。作業用に支給された毛皮の長靴を履いているが、ここまで気温が下がってはどうしようもない。

骨の髄まで凍りつくような寒さに、私の思考能力は低下し始めた。いけない、と分かっていても、まるで酩酊したかのように、頭の芯がしびれていく。

いつしか、私は故郷のことを考えていた。

戦局はかなり苦しいと、噂には聞いている。祖国は今、どのような状況にあるのか。私には、両親と妹がいる。皆、元気で過ごしているだろうか。

私は兵士としての任務を全《まっと》うするために、Jを見殺しにしてまで脱走した。もしそのことを知ったら、家族は何と言うだろうか。

母は哀れんでくれるだろう。妹は私を軽蔑するかもしれない。父は……きっと、私の選択を誇らしく思ってくれるはずだ。私は父の背中を見ながら育ったのだ。

その時だった。

踏み出した左足が地面を見失った。

ぐらりと、体が前に傾く。

目の前に、急勾配の斜面が広がっていた。木の一本も生えていない。積もった雪のせいで、斜面はまるで陶磁器のようだった。

前方をよく見ていなかった自分を呪ったが、後の祭りだった。私は無慈悲な重力に引かれ、斜面を転がり落ちていった。私を受け止めてくれるものは何もなく、逆に、雪の下に隠れていた尖った岩が、私を容赦なく打擲《ちょうちゃく》した。私は頭部を庇《かば》いながら、ただ命が助かることを祈るしかなかった。

繰り返される激痛と衝撃。私はやがて、意識を失った。

次に気づいた時、私は仰向《あおむ》けで地面に倒れ伏していた。かなり長い時間気絶していたのか、すでに雪はやんでいた。

自分が落ちてきた斜面が、左手に見えている。私は道の真ん中にいた。山中を走る、収容所へと続く道だ。

このままここで寝ていたら、そのうち敵軍の車が通り掛かるだろう。一刻も早くこの場を離れるべく、体を起こそうとした次の瞬間、両足に強烈な痛みが走った。見ると、右足のすねが血に染まっていた。おまけに、左足首はあらぬ方向を向いている。これでは到底歩けない。這って逃げるしかなかった。

私は激痛をこらえながら、腕の力だけで移動を始めた。

道には、すでにくるぶしの高さまで雪が積もっている。私は必死で雪を押しのけながら進んでいった。だが、すでに体力は限界を迎えていた。私はすぐに動けなくなり、冷たい地面に倒れ込んだ。

このまま、ここで雪にまみれて死んでいくのだろう。惨《みじ》めな最期だ。だが、私は戦った。戦って死ぬのだ。やるべきことはやった。私は目を閉じた。

まぶたの裏に、Ｊの姿が思い浮かぶ。彼はおそらく、もう射殺されているだろう。Ｊの無念を晴らせなかったことだけが心残りだった。

その時、私は車のエンジン音を聞いた。ジープがこちらに近付いている。なんということだ。このままでは、凍死するより先に、敵軍に捕らえられてしまう。

私は道の反対側に目を向けた。そちらも急な崖になっている。取るべき行動はひとつしかない。

私は自らの命を断つべく、最後の力を振り絞って、匍匐《ほふく》前進を再開した。足の痛みはますますひどくなり、寒さも相まって、奥歯がガチガチと鳴っていた。体中が震えて、ほんの僅《わず》かずつしか進むことができない。

そうこうするうち、私の後方からエンジン音が迫ってきた。毛虫のように地面を這いずっている私に気づいたらしく、カーブを曲がったところで車が止まった。

――もはや、これまでか。

私は自らの不甲斐なさに絶望した。

「無事だったか」

その声は……。私は顔だけを動かし、後方に目を向けた。敵軍の兵士に支えられ、杖を突きながらジープを降りるJの姿が見えた。

「どうして、お前がここに……」

Jはよろめきながら私の側まで来ると、力なく地面に跪《ひざまず》いた。

「もう、逃げなくていいんだ」Jは泣いていた。「戦争は終わった」

「……どういう、意味だ」

「今日、我が国は降伏した。……もはや国のために死ぬ意味はない」

私は信じられない思いでいた。だが、Jがここにいるという事実が――処刑されずに生きているということが――彼の言葉が真実であることを物語っていた。

私は体をよじり、崖の向こうの空に目を向けた。

雲の切れ間から、淡青の空が覗いていた。あの空の遥か彼方に、私の故郷がある。空の色は、私が生まれ育った村のそれによく似ていた。

日本が戦争に負けた日――八月十五日が来るたびに、きっとこの、オーストラリアの冬空を思い出すのだろう、と私は思った。

チョウセンアサガオの咲く夏　柚月裕子

初出『5分で読める！　ひと駅ストーリー　夏の記憶・東口編』（宝島社文庫）

わずかに風が吹き、軒先で風鈴が鳴った。

畳に膝をついていた平山《ひらやま》は、耳から聴診器を外すと膝を三津子《みつこ》に向けた。

「熱も下がったし、脈も正常じゃけ心配いらん。よく眠れる薬も出しておいたから、少しは気も落ち着くじゃろう。じゃが、頭の方ばかりはどうにも。歳には誰も勝てんからなあ。まあ、わしも間もなくじゃがのう」

平山は苦笑いを浮かべた。母の芳枝《よしえ》は今年で七十二歳になる。芳枝は昨夜から意味不明のことを口にしながら、家の中を徘徊《はいかい》した。ここ数年でめっきり弱った脚は、四十キロ足らずの体重さえ支えきれず、母は廊下で転倒した。

それにしても、と平山は三津子に目を細めた。

「三津子ちゃんはほんとに偉いなあ。いまの世の中、実の母親といえど、ボケて半分寝たきりになった人間の面倒を好んで看《み》る人は少ないぞ。ましてやあんたたちには、憲一《けんいち》さんが残した金がある。その気になれば少し遠いが、街の施設に入れられるじゃろうが」

三津子の家がある横江《よこえ》町《まち》は、県庁所在地から車で二時間ほどのところにある山間《やまあい》の町だった。山と田圃《たんぼ》しかない田舎《いなか》町は近年で過疎化が進み、住人の七割が高齢者だ。

町の信用金庫に勤めていた父の憲一は、三津子が中学生のときに交通事故で死んだ。加害者から支払われた賠償金と死亡保険金を取り崩しながら、国の遺族厚生年金でつましく暮らしている。古くからのかかりつけ医である平山とは、親戚同然のつき合いだった。

平山は鼻先にかけていた老眼鏡を人差し指で上げると、神妙な面持《おもも》ちで言った。

「わしゃあ、三津子ちゃんが子供ん時から知っとるから言うんじゃが、嫁にも行かず母親の世話だけに追われる人生でええんかい。寿命が延びたいまじゃあ、四十過ぎいうてもまだまだ若い。もっと、自分の幸せを考えてもええんじゃないかのう。前から言うとうが、わしの知り合いにええ男がおるんじゃ。バツイチじゃが働き者じゃし性根もええ。なんなら紹介するぞ」

三津子は小さく笑いながら、いつもと同じ答えを返した。

「先生のお心遣いはありがたいんですが、私、いまのままでええんです。母は手がかかる私を、ずっと大事に育ててくれました。私が大きくなったと思ったら父が事故で亡くなり、母自身も五十三歳という若さで脳溢血になりました。そんな母が不憫《ふびん》でならないんです」

平山は、そうか、とつぶやくと、なにかを思い出したように小さく笑った。

「たしかに三津子ちゃんは、手がかかる子供じゃったのう。蔵の扉に足を挟んで足の爪をはがしたり、ジュースと水に溶かした洗剤を間違《まちご》うて飲んで腹を下したり。階段から落ちて足の骨を折ったときもあったのう。そのたんびに芳枝さんは、小さいあんたを抱えて血相変えてうちに駆けこんで来んさった」

平山は、どれ、と言いながら膝を叩くと、畳から立ちあがった。

「なんかあったら、また電話よこしんさい。いつでも駆けつけるけ」

平山のワゴン車を見送ると、三津子は庭に向かった。庭は射るような真夏の強い陽に照らされていた。狂ったように鳴いている裏山の蝉が、耳にうるさい。

三津子は、庭に面した部屋に寝ている芳枝を見た。芳枝は両手を布団の外に出し、口を半分開けて眠っている。

三津子は庭の隅にある水道の栓をひねると、ホースで庭に水を撒《ま》いた。潤いを得た庭に咲く花々が、色彩を濃くし生き生きと輝く。三津子は目の前にある花を眺めた。身長百六十センチの三津子の肩くらいまである大きな株だった。空に向かって広がる葉の根元から茎が伸び、その先に白い花がついている。花は深く頭を垂れるように、地面に向かって咲いている。名前はチョウセンアサガオ。夏に咲く大輪の美しい花だが、手入れには気をつけなければいけない。

母の面倒を看るだけの毎日を送る三津子の唯一の楽しみは、園芸だった。買い物の途中でホームセンターや園芸店に立ちより、気にいった花を購入して庭に植える。だが、きれいだからといって、よく調べもせずに買ってはいけない。きれいな花には棘《とげ》がある、と言われるように、美しい花のなかには毒性を持っているものがあるからだ。

目の前で咲いているチョウセンアサガオのほかにも、可憐な花をつけるスズランや、初夏に鮮やかな花をつけるスイセンなども毒がある。

いずれも摂取すると嘔吐やめまいなどの症状が出て、場合によっては心不全や心臓麻痺を起こし重篤《じゅうとく》に陥ることもある。品種によっては口から入れなくても、葉や花を触った手で目を擦っただけで、目が充血し瞼が腫《は》れたりもする。

三津子はホースの口を指で潰し水を霧状にすると、庭の隅々まで行きわたるように空に向けた。

三津子は子供の頃から、親に心配をかける子供だった。常にどこか怪我をしたり、体調を崩したりする。どれも三津子の不注意によるもので、手がかかる三津子を芳枝は溺愛した。子供をひとりしか持てなかったこともあるだろうが、遠い町から嫁いできて周りに友人や知人がいなかったこともあったかもしれない。捨て子として児童保護施設で育った父にも、地元とはいえ親しい親戚はいなかった。

食事はすべて手作りで、店屋物《てんやもの》や総菜といった出来合いのものを三津子は食べたことがない。洋服も母の手作りだった。芳枝は近所でも慈母と評判だった。

仕事が忙しくほとんど家にいなかった父の憲一も、三津子のことは可愛がった。三津子が身体を壊したときだけは、どんなに離れた出先からでも家に駆け付けた。布団に横たわっているひとり娘の頭を撫で、懸命に看病をしている芳枝を労《いたわ》った。

三津子が怪我をしなくなったのは、憲一が事故で死んでからだ。突然、連れあいを失い抜け殻のようになった母を見て、子供心に自分がしっかりしなければならないと思ったのか、成長して注意深くなったのかは、わからない。

芳枝が倒れたのは、三津子が二十歳のときだった。三津子は勤務先の縫製工場で、医師の平山から連絡を受けた。三津子が勤める縫製工場は、郷里の横江町から電車で一時間ほどのところにある郷江市《さとえし》にあった。

三津子は高校を卒業したあと、田舎を出た。一人娘が家を出て行くことを、芳枝は半狂乱になって止めた。だがあいだに入った平山の、外の飯を食うことも勉強だ、という説得に負け、いずれ実家へ帰ることを条件に三津子を街へ送り出した。

街の暮らしは楽しかった。おしゃれな喫茶店や流行《はや》りの服を売っている店があった。映画やコンサートといった娯楽もあった。三津子は街の暮らしを満喫した。

三津子が郷里に帰らなければならない日は、唐突にやってきた。

社会に出てから三年目の春、芳枝が倒れた。脳溢血だった。身体の右半分が麻痺して言語にも障害が残った芳枝を、ひとりにしておくわけにはいかなくなった。街に連れてこようかとも思ったが、当時、患者を長期で預かってくれる施設はなかったし、田舎から出たことがない芳枝を街に連れてくることも不憫だった。

三津子は仕事を辞めて、田舎へ帰った。

母の介護は重労働だった。身体の右半分が不自由な芳枝は、食事はおろか手洗いもひとりでは出来なかった。なにをするにも、三津子の手が必要だった。母の世話は大変だったが、重荷だと思ったことはない。幼い自分を愛してくれた母の面倒を看ることは、当然のことだと思った。

だが、甲斐甲斐しく母の面倒を看る三津子にも、辛いことがあった。孤独だ。街にいた頃は、同じ職場の友人や恋人と呼べる人間がいた。しかし、いまは誰もいない。古い家の中に、寝たきりの母がいるだけだ。訊ねてくる人もいないしんと静まりかえった家の中にひとりでいると、辛くて涙が出た。

淋しい毎日を送る三津子だったが、平山が往診に来るときだけは安らぎを覚えた。平山はなにもなければ二カ月に一度、芳枝の具合が悪いときはその日のうちに家にやってきた。芳枝の診察を終えると平山は、出された茶を飲みながら三津子を労った。

「ほんに、三津子ちゃんは偉いなあ。たったひとりでお母さんの面倒を看るなんて、言うほど簡単なもんじゃない。ご近所さんも言うとるで。あそこの娘さんはようできたお子さんじゃいうて」

みんなが自分を褒めてくれている。そう思うと嬉しくてたまらなかった。

母を介護するだけの日々を送る三津子は、次第に平山や周りの人間の称賛を強く望むようになった。母の具合が悪くなると、平山がやってきて三津子を褒め称える。自分への賛辞が欲しくて、母の体調が悪くなることを願うようになった。

母の具合が悪くなればいいのに。芳枝の寝顔を見ながらそう考えたとき、三津子の頭の中で何かが弾《はじ》けた。

母はどうだったのだろう。夫は仕事でほとんど家にいない。知り合いもいない田舎町で、母は子供とふたりだけで淋しくなかったのだろうか。自分が周囲の称賛を浴びたいと思うように、母も夫の目を自分に向けたいと思ったことがあったのではないか。もしあったとしたら、その気持ちはどういう形で具現化したのだろうか。例えば、我が子が怪我をしたとしたら――。

頭に浮かんだ恐ろしい考えを、三津子は拭《ぬぐ》い去ることが出来なかった。思い返せばすべてが腑《ふ》に落ちる。いくら落ち着きのない子供だとしても、自分はあまりに怪我や体調を崩すことが多かった。蔵の扉に足を挟んだことも、いまとなれば土づくりの重い戸を子供が動かせるとは思えない。ジュースと水に溶かした洗剤を間違えて飲んだことも、母があらかじめジュースの瓶に洗剤を入れておいたとしたら、三津子は疑いもせず中身を飲んだだろう。ほかにも、髪を切ってあげると言った母が、手が滑ったと言って三津子の首を傷つけたことなど、いろいろ思い当たる。そして、三津子が怪我をすることは、憲一が死んでからぱたりとなくなった。以前なにかの本で、自分に周囲の関心を寄せるために我が子や身内を傷つける精神疾患があると読んだことがある。たしか病名は、代理ミュンヒハウゼン症候群――

三津子は、布団の中で寝息を立てる芳枝を見つめた。

母さん、あなたも孤独だったんだね――。

三津子は蛇口を閉めると、水道にホースを巻きつけた。チョウセンアサガオの側にしゃがむと、水で柔らかくなった土を掘り、根を取り出した。一見すると、少し色素の薄い牛蒡《ごぼう》のようだ。これを細切りにして人参と炒めれば、きんぴらごぼうの出来あがりだ。食べた母は早ければ三十分で、遅くても夜なかには嘔吐をはじめる。あとはいつもどおり、平山に電話をして往診を頼めばいい。

三津子は地面から立ち上がると、庭を眺めた。庭にはキョウチクトウやジンチョウゲ、シャクナゲ、スズランなどが植えられていた。すべて毒性がある花だ。三津子は縁側の奥の部屋で、布団に横たわっている芳枝を見つめた。

――母さん、私は母さんを恨まないよ。いまならあなたの気持ちがわかる。だから、私の気持ちもわかるよね。ねえ、母さん。

三津子は、土がついたままのチョウセンアサガオの根を握りしめると、夕飯の支度をするために台所へ向かった。

白い記憶　安生正

初出『5分で読める！　ひと駅ストーリー　冬の記憶・東口編』（宝島社文庫）

北海道の帯広《おびひろ》と富良野《ふらの》を結ぶ根室本線を、小菅雅弘《こすげまさひろ》を乗せた気動車は走っていた。十勝岳《とかちだけ》連峰を望む豊穣《ほうじょう》で雄大な大地も、この季節は見渡すかぎりの雪原に姿を変える。今、上川《かみかわ》地方は猛烈な地吹雪に見舞われていた。轟音《ごうおん》を響かせる風雪が窓ガラスを叩く。上空を覆う雪雲と、舞い上がる雪のせいで、辺り一面は真っ白な世界だった。

ホワイトアウトと呼ばれる現象が現れた。ホワイトアウトの状態に陥ると、雪や雲などによって視界が白一色となり、人は錯覚を起こして雪原と雲が一続きに見えてしまう。方向や天地の識別が困難になり、足元の風紋さえ見えなくなるのだ。

小菅は白い車窓を見つめていた。そう、この状況を一度だけ体験したことがある。

今からちょうど一年前、去年の一月末のことだった。

「ご愁傷さまです」富良野病院の医師が杉内《すぎうち》の妻、礼子《れいこ》にそう告げた。

一年前の一月二十二日、美瑛町《びえいちょう》近くの雪原で凍死した杉内哲也《てつや》は、ヘリに乗せられて富良野病院まで輸送された。杉内と小菅は、北海大学の同じ研究室に属していた。

「なぜ主人が」杉内の横たわるベッドの脇で礼子が泣き崩れた。

「私がついていながら、申し訳ありません」小菅は深々と頭を下げた。

前日の二十一日、美瑛町の低温研究センターを訪問するために、小菅と杉内は車で富良野を出発した。既に大雪警報が発令されていたものの、二人は北海道旭川市から浦河《うらかわ》郡浦河町に至る国道二三七号線、通称、富良野国道を北上した。ところが上富良野の町を過ぎた頃、天候が急変した。猛烈な吹雪で道路の除雪が間に合わない。みるみる道路上に雪が降り積もっていく。引き返そうにも、この視界では対向車が危なくてUターン出来ない。仕方なく、脇道に入って方向変換することにした。

適当な農道を選んで、小菅はハンドルを切った。しばらく直進すると、転回出来そうな空き地があった。雪で隠れた側溝や用水路には要注意だ。慎重に車を乗り入れた矢先、車のフロントが新雪に乗り上げた。タイヤがスリップして前にも後ろにも進めない。その間も雪は降り積もっていく。時刻は午後三時を回った。日没が迫っていた。ガソリンの残りも心もとない。ラジオは吹雪が明朝まで続くと伝えている。携帯で救援を呼んでも、同じ要請が殺到して、いつ助けが来るかはっきりしなかった。

「明朝までここで頑張るしかないな」杉内が笑った。

「そうもいくまい。あと一時間で日が暮れる。さらに二時間もすればガス欠になる。近くの町までは二キロほどだから、俺が助けを呼んでくる」

「この吹雪の中を歩くのか。この時期は強風と低温のせいで、雪面が平らで固く閉まっているから道路との見分けがつかない。道路を外れた所へ迷い込んだら凍死するぞ」

「農道脇には路肩の位置を示す竹竿が一定の間隔でさしてある。それを目印にすれば国道に戻れる。そこからは電柱伝いで町に着ける。心配するな、一時間ほどで戻る」

気乗りしない様子の杉内をおいて、小菅はドアのノブに手をかけた。

「夜中までに戻らなければ、何かあったと思ってお前が助けを呼びに行ってくれ」

おいおい、と杉内が真顔になった。冗談だよと、杉内の肩を叩いた小菅は吹雪の中、車を降りた。既に外は白一色の世界に変わっていた。

町までたった二キロとはいえ、吹雪の中を進むのは思った以上に大変だった。人を集め、救助に戻るまで十二時間を要した。雪に半分埋まった車に杉内の姿はなかった。時刻は夜中の三時。仕方なく一旦《いったん》町に戻った小菅は、翌朝、美瑛交番の協力を得て捜索を開始した。やがて車から数百メートル離れた雪原で、座り込むように倒れていた杉内が発見された。下半身は雪に埋まっていた。現場では二十一日夕刻から翌朝にかけて六十センチの降雪があった。気温は氷点下二十度まで下がったはずだ。警察は、小菅の帰りを待ち切れずに車を降りたが、ホワイトアウトで道に迷ったと判断した。

ちょうど一年前の出来事だった。

昨日、本当に突然、杉内礼子から電話があった。主人の一周忌を前に、最後の場所へ案内して欲しいと言ってきた。適当な理由で断りを入れようとしたが、礼子は執拗《しつよう》だった。何とかお願いします、と食い下がる礼子に小菅は根負けした。

帯広から礼子が待つ富良野へ向かう列車の景色は、一年前の再現だった。昨日から、日本海の低気圧が発達しながら北海道の南岸を進んでいる。上川地方では午後から明朝にかけて大雪となり、降り始めからの降雪量は美瑛町で八十センチと予想された。

富良野の駅で礼子と落ち合った小菅は、彼女が用意したレンタカーに乗り換えた。礼子の運転で猛吹雪のなか、富良野国道を北へ走った。

「去年もこんな天気だったのですか」礼子が、前方の空を見上げた。

「そうですね」小菅は無愛想に答えた。

二人の間に重い沈黙が横たわった。唐突に礼子が切り出した。

「あの日、なぜ主人は雪原に迷い込んだのか、ずっと考えていました」

ワイパーの音が室内に籠った。

「目印になる物は何もなかったのでしょうか」

「目印？」礼子の言葉に、小菅はぎくりとした。

「主人は慎重な性格です。何も目印になる物がないのに一か八かで吹雪の中、車を捨てて雪原を歩くことなど考えられません」

「あの夜は氷点下二十度まで気温が下がりました。助けを求めて、やむなく車を降りたのでしょう。私がもっと早く戻っていればと思うと悔やんでも悔やみきれません」

小菅は礼子をちらりと見た。礼子から言葉は返ってこない。会話の途切れた車内で時間だけが流れていく。やがて、カーナビの画面を見ながら礼子が車を徐行させた。

「主人が発見されたのは、あの農道の先だと思います。違いますか」

おいおい、まさか……。この先はナビが利かないからやめた方がいい、と忠告する小菅を無視して、礼子がハンドルを切った。

吹雪をぬって白一色の世界を進むと、やがて前方に開けた土地が浮かび上がった。

間違いない、あの場所だ。空き地に車を乗り入れた礼子がスピードを落とさない。

危ない！　小菅が声を上げた瞬間、激しい衝撃でシートベルトが肩に食い込んだ。

どうやら前輪が溝にはまり込んだようだ。狼狽《ろうばい》する礼子。私がやってみよう、と運転を代わった小菅は、前進と後進のギアを使いながらアクセルを踏んだが、タイヤがスリップするだけで車はびくともしなかった。車の外へ出て凍えながら腕を組んでいる礼子がじっと見ていた。自業自得、まったく馬鹿な女だ。小菅は車を降りた。

吹雪に打たれながら立つ礼子。射抜くような視線が小菅に向いていた。

「この天気のなか、主人が道に迷うように細工したのは、あなたじゃないの。あの日、いくら吹雪とはいえ、ここへ戻るのに十二時間も要したのはなぜですか。それだけではない。この辺りの農道には、冬期、路肩を示す竹竿が立っているはずなのに、事件後、私がここへ来たとき、空き地から国道へ向かう最初の二十メートルは竿がなかった。この天候では致命的な距離ですね。ここに来て、それがはっきりしました」

「私が竹竿を抜いて、杉内が雪原に迷い込むよう仕向けたと」

いいがかりも甚だしい、と小菅は声を荒立てた。

「私に同じ手は通用しないわよ！」礼子が一人で走り出した。

「おい、そっちは方向が違う。雪原に迷い込むぞ」

礼子が白い闇に消えた。めんどうくさい女だ。仕方なく、小菅は後を追った。短時間なら足跡を辿《たど》ってここへ戻れる。彼女の足跡は雪原の奥へ続いていた。突然、吹雪の中から礼子の悲鳴が聞こえた。新雪に足をとられながら、小菅は走り出した。

礼子が首まで雪に埋まっていた。用水路に降り積もった雪の吹きだまりに落ちたらしい。農道脇に用水路はつきものだ。もしそうなら、深さは礼子の背丈を軽く越える。

小菅は右手を伸ばした。「私の手を掴んで」

「一年前に同じ事をしてくれれば、主人は死なずにすんだ」

「馬鹿なこと言ってるんじゃない。凍え死ぬぞ」

少し動くだけで、ずるずると礼子の体が雪に沈んでいく。

「あなたは知らないけれど、一月二十二日、主人はほんの数秒だけ息を吹き返したのです。あなたが帰った後、私のたっての願いで、先生は蘇生処置を続けてくれました。その結果、ほんの一瞬だけ主人の意識が戻った。後から先生にお聞きしました。長野県で雪崩《なだれ》に巻き込まれた男性が発見から四時間、心肺停止確認後から三時間を経て蘇生した事例があるそうです」

「そのとき、杉内は何か言ったのか」小菅は伸ばした手を止めた。

「あなたに裏切られたと……」

小菅の中に一年前と同じ感情が芽生えた。突風で体が地面からはがされそうになる。大声もかき消す轟音。上から降っていた雪が横から降り始めていた。

「携帯を貸しなさい。私は車に忘れてきた。救助を呼ばねば二人とも助からない」

礼子が差し出した携帯を小菅は奪い取った。空いた片方の手で小菅は礼子の頭を雪に押し込んだ。渾身《こんしん》の力を込めた。礼子の体が雪の中へ沈んでいく。礼子の悲鳴が風に流され、助けてという懇願が雪に埋もれていく。やがて、完全に礼子の頭が雪に埋まった。小菅は上から雪をかけ、何事もなかったように礼子の穴を塞いだ。

心配しなくていい。レンタカー会社の社員は礼子しか見ていない。富良野で小菅がこの車に乗り込むところを覚えている者などいないだろう。

去年もそうだった。別に最初から杉内を殺そうと思った訳ではない。しかしあの日、閉じ込められた車内で小菅の中に殺意が浮かんだ。杉内と小菅は准教授の椅子を争っていた。二人いる助教のうち、准教授に就《つ》けるのは一人だ。

今だってそうだ。礼子が余計なことを言い出さねば殺す必要もなかったのに。

小菅は空き地へ引き返し始めた。しばらくして足が止まった。途中で足跡が消えている。元の場所へ戻る目印が消滅していた。

突然、礼子の携帯が鳴った。誰だ。吹雪のなかで小菅は携帯を耳にあてた。

(杉内です)礼子の声だ。背筋を震えが駆け上がった。

(驚きましたか。私は雪に埋もれた用水路のコルゲート管の中にいます。これを伝えば国道脇まで戻れる)

しまった。コルゲート管とは波付加工した銅板を組合せたトンネルで、直径は一メートルほど。女性なら身を屈めれば歩ける。農道脇の水路に据えられることが多く、この時期、水は流れていない。点検のために、所々、上半分が開いている。

(あなたが本当に主人を殺したのか、その確証が欲しかった。私は弟と二人で準備をしました。そして去年と同じ天候の日を待った。空き地からコルゲート管が埋められた場所への目印。管を使った脱出ルートの確保。あなたが私を殺そうとしている間の足跡の抹消。全て弟が協力してくれた)

小菅は呆然と雪の上に座り込んだ。

(周りを見なさい。足跡も全て消え失せて、自分が何処《どこ》にいるかも分からないはず。主人が最後に見た光景を、あなたも目に焼きつけるといいわ)

ぷつりと携帯が切れた。

杉内が最後に見た白一色の世界。あと少しで、永遠に消える白い記憶だった。

葉桜のタイムカプセル

岡崎琢磨

初出『もっとすごい！　10分間ミステリー』（宝島社文庫）

桜の花びらが、夜風に揺れていた。

小学校の校舎に備えつけられた大時計が九時ちょうどを指すと、千里《ちさと》はシャベルを杖《つえ》代わりにして立ち上がり、たったいままで幹に背をあずけて座っていた自分の、お尻があったあたりの土を掘り返し始めた。

かつての親友――若葉《わかば》と二人で作った、タイムカプセルを掘り出すためだ。

昨晩まで降り続いた春雨が落とした花びらに覆われた、土は湿っていて柔らかかった。サク、サクと音がして穴が深くなっていくたび、一歩ずつ後ろ向きに歩むように、昔の記憶がよみがえる。十年後の親友に宛てた私からのプレゼントを、彼女が使う日は来なかった。そんな思いが、はたちを迎えた千里の心にも見えないシャベルを突き立てる。

十年前に十歳の少女が独りで埋めたタイムカプセルは、程なく地中から顔を出した。二人の友情の証だった《夢缶《ゆめかん》》の、カラフルだった表面はいまやすっかり錆《さ》びて赤茶けている。千里はシャベルを桜の木に立てかけ、缶を取り上げてこびりついた土を払うと、幾重にも巻かれた粘着テープをはがして蓋《ふた》を開けた。

中に入っていたふたつの包みを見たとき、千里は違和感を覚えた。

順番に包みを開いていく。ひとつはフリーハンドで描かれた、近くの河原を示しているとおぼしき《宝の地図》。そしてもうひとつは、ビニールでぐるぐる巻きにされた安物のおもちゃだった。

千里は愕然《がくぜん》とする。どうしてこのおもちゃがここに……いや、それよりも。

私が入れたはずのプレゼントは、いったいどこへ行ったのか？


――タイムカプセルを作りましょう。十年後、はたちになるわたしたちに、プレゼントを贈り合うの。

間もなく遠い街へ引っ越してしまうという若葉が突然、そんなことを言い出したとき、千里は即座にいいね、と賛成した。

夢缶は二人で力を合わせて手に入れたものだ。《夢チョコ》というくじ付きの駄菓子があって、当たりだとパッケージの内側に、金のハートか銀のハートが印刷されている。金のハートなら一枚で、銀のハートは五枚集めると、《夢がいっぱい詰まった夢缶》なる景品と交換してもらえるのだ。

その中身が気になるという話から、千里たちは夢缶を手に入れるために二人で協力することになった。親の買い物についていく機会があると千里は決まって夢チョコをねだったが、買えども買えども銀のハートさえめったに出ず、金のハートに至ってはついぞ目にすることがなかった。家が裕福で千里の倍は夢チョコを買ってもらえたらしい若葉も、金のハートが当たることはなかったという。結局、二人で銀のハートを五枚集めるまでに一年以上かかった。最後の一枚を当てたとの報告を若葉から受けたとき、千里はまるで戦《いくさ》を終えたとでもいうような安堵《あんど》を覚えたものだった。

そんな、ほとんど意地を張るようにして手に入れた夢缶だが、中身はとても《夢》とは呼べないようながらくたばかりであった。たとえば《ドキドキ相性チェッカー》。ふたつの電極を備えた小型の電子機器で、二人一組でそれぞれの電極に親指を置いてボタンを押すと、そのペアの相性の良さを数値で表してくれるという代物だ。千里たちは喜び勇んで計測したが、《30％》という無残な結果に終わった。もっとも、全然あてにならないじゃん、と腹を立てるのもまた楽しくはあったのだが。

要するに、中身なんて何だってよかった。二人で力を合わせて手に入れたという事実がうれしかったのだ。

その夢缶を、タイムカプセルにするのだと若葉は言う。

引っ越しを翌日に控えた若葉の部屋で、二人は夢缶をひっくり返して中身を出すと、用意したプレゼントをそこへ入れて蓋をした。粘着テープで封をしてしまうとあとは埋めるだけとなったが、あいにくその日は予報外れの雨で埋めに行けず、時間を持て余した二人は、若葉の提案により収納が空になった彼女の家でかくれんぼをして遊んだ。

帰り際、千里は若葉にタイムカプセルと、夢缶の中身を託された。引っ越しの荷物をなるべく減らしたいのだそうだ。

――十年後の今日、誰にも見つからないように夜の九時から掘ることにしましょう。

そんな約束を交わしてさよならした数日後、千里は独りで小学校へ行き、タイムカプセルを埋めた。ただ、校庭の外縁に並び立つ桜のうちもっとも南にある木の根元に植えるという取り決めは、土が硬すぎて果たせなかった。やむなく千里は反対の、北端の桜の下に埋めたが、若葉にはそれを伝えずじまいであった。


若葉の訃報が千里のもとに届いたのは、それから二年後のことだった。

知らなかったのだ。重い病気の治療のために、遠い街へ引っ越しただなんて。

葬儀には行った。棺に眠る若葉の顔は、闘病を終えた直後であるにもかかわらず、千里が最後に会ったときと何も変わっていないように見えた。死に化粧のおかげかな、とぼんやり思いながら千里は、あまりにも呆気《あっけ》ない別れを前に涙さえ流せなかった。


片方の包みに入っていたおもちゃというのは、あのドキドキ相性チェッカーだった。

千里は考える。夢缶の中身を全部持ち帰ったというのは、ひょっとしたら記憶違いかもしれない。何しろいくつものがらくたを持たされたのだ、ひとつやふたつ足りないものがあったって気づかなかっただろうし、その後どうしたかも覚えがないから、若葉があれをタイムカプセルに入れた可能性は充分にある。

だけど若葉は肝心の、タイムカプセルを埋めた正確な場所を知らない。自分に黙って掘り起こし、中身を抜くことはほぼ不可能だった。ならば、私の入れたプレゼントはどこへ消えたのだろう。

宝の地図が示す河原へおもむくと、千里は何をすべきかすぐにわかった。

二人でよく木陰に身を寄せた一本桜が、いまでも悠然と枝を広げていたからだ。三方をベンチで囲まれた桜の裏の、唯一土がむき出しになったところを、千里は再び掘り起こしていく。やがてシャベルの先が探り当てたものを見たとき、彼女は若葉が何をしたのか、ある程度の見当がついた。

土の下から出てきたのは、もうひとつの夢缶だったのだ。

若葉の家は裕福で、しかも若葉は病気を抱えていた。駄菓子を欲しがるくらいのわがままを許された若葉が、もっと早くに金のハートを当てていたっておかしくはない。その事実を千里に伏《ふ》せたのは、あくまでも二人で夢缶を手に入れたかったからではなかろうか。

タイムカプセルを作った日、かくれんぼをしようと言ったのは若葉だ。千里が隠れている間に彼女は、タイムカプセルを自身の持つ夢缶とすり替えることができた。相性チェッカーを入れておいたのは、宝の地図だけではプレゼントが入っていないことに千里が気づいてしまうかもしれない、との懸念を抱いたからだと考えられる。カムフラージュになるものなら、何でもよかったということだ。

千里はふたつめのタイムカプセルを開けた。中にはやはり包みがふたつ。そのうちのひとつは、若葉からの直筆の手紙だった。

〈ごめんね、ちぃちゃん。でも、わたしは十年後も生きていられるかわからないから、ちぃちゃんがどんなプレゼントをわたしにくれたのか、どうしてもいま知りたかったの。こっちの缶は、お父さんに埋めといてもらうつもりだよ。

すてきな口紅、ありがとう。今度ちぃちゃんに会うときは、きっとこれをつけるね。

若葉〉

十年後、はたちになる若葉へのプレゼントに、おもちゃなどは適さない。悩んだあげく、千里は口紅を贈ることにしたのだ。

病気のことを知らなかったとはいえ、大人にならないと使えないものを贈った自分のことを、天国の若葉はどう感じているだろう。これまでにもそんな思いが時折、千里の心を重くしてきた。だけど、それはどうやら間違っていたようだ。

今度会うときはこの口紅をつける。その一文でピンときた。千里が若葉に《会った》のは、あれからたったの一度しかない。

若くして亡くなった若葉の顔に施された、死に化粧を思い出す。彼女は自分のプレゼントを、ちゃんと使ってくれていたのだ。そんなの、悲しすぎるけど。

千里は最後の包みを開ける。入っていたのは、若葉色のハンカチだった。若葉はそのプレゼントによって、忘れないで、とでも伝えたかったのだろう。

一本桜に背中をあずけて座っていると、夜風が吹いて残りわずかの花びらを散らす。そのさまを眺めながらふと、千里は思う。

そっか。若葉は十歳にして、すでに自らの死を受け入れていたんだ。

でなければこんな行動、取り得たはずもない。私との約束を果たせないと悟っていたからこそ、彼女は十年もフライングして、生きている間にタイムカプセルを開けたのだ。

あの頃の彼女の倍は生きた自分だけど、死を受け入れるという境地になんかとうてい至れそうもない。もし、若葉がいまでも生きていたら、それこそタイムカプセルを掘り出すように、当時の心境を根掘り葉掘り訊《たず》ねてみたいくらい――。

若葉がいまでも生きていたら？

束《つか》の間、千里は呼吸を忘れた。とんでもない想像が、脳裏をよぎったからだ。

たとえば若葉が生きていて、校庭に埋めたタイムカプセルを一緒に掘り出していたとしたら。若葉は率先して缶を開け、千里に相性チェッカーの入った包みを渡す。そして千里がそれに気を取られているうちに、自身は宝の地図の入った包みを隠し、代わりに千里が入れた口紅を、あたかもタイムカプセルから出てきたかのように取り出す。二人は相性チェッカーを見て、そんなこともあったと笑い合い……いまでも動くようならば、きっとまた相性を診断してみるのだろう。今度こそ、高い数値となることを期待して。

つまりそのときには、ふたつめのタイムカプセルなんて必要なくなる。

こんなの勝手な想像に過ぎない。だけど、十年後はこの世にいないものと若葉が確信していたのなら、どうして自分では開けることのできないタイムカプセルを作ろうなどと言い出したのか。むしろ、千里と約束することで若葉が、あと十年生きなくてはならないと自らに言い聞かせたのだとは考えられないか。少なくとも、生きている場合とそうでない場合の双方を想定していなければ、誰がこんな手の込んだことをしようと思うだろうか。

千里は十年後の若葉に、大人にならないと使えないものを贈った。それを使える日が、当然来るものと信じ込んで。

同じように、若葉は十年後の千里に、二人でないと使えないものを贈った。それを使える日が来るようにと、心の底から願いながら。

自らの死を、受け入れていたわけじゃない。たった十年生きただけの女の子が、これからの十年も生きたいと思わないわけがないのだ。

桜の花びらがまたひとつ散り、千里の濡れた頰にぺたりと貼りつく。親友がくれたハンカチを瞼《まぶた》に押し当てたまま、千里は花びらが残らず落ちてしまうのではないかと思えるほどに長い間、そこを動くことができずにいた。

ある人気作家の憂鬱

島津緒繰

初出『5分で読める！　ひと駅ストーリー　本の物語』（宝島社文庫）

コンビニに煙草《たばこ》を買いに行ったナオキを車の中で待っているときだった。

若い女性が窓を軽く叩き、後部座席に座る私を呼んだ。

ハンドバッグの中からハードカバーの小説とボールペンを取り出した女性は、車の中にいる私に向かって、先生ですよね、と聞いてきた。

彼女は恐らく私にサインを頼んでいるのだろう。

パワーウインドウを動かすスイッチに指を掛けながら、私は、開けるべきか無視するべきか悩んだ。

私の仕事は小説家だった。それも、自分で言うのもなんだが、かなりの人気作家だ。四作品ある私の長編小説はすべて超がつくほどのベストセラーだった。ワイドショーやニュース番組で私の名前を聞かない日はなかったし、小説とは関係ない、パソコンやデジカメなどのコマーシャルにも出演している。文芸誌だけでなく、週刊誌まで私の特集ばかりだ。要するに私は売れまくっていた。おかげで私の送り迎えをする担当編集の車は、燃費の良さを売りにしたコンパクトカーから、ドイツ製の高級セダンに変わった。

作家として完璧過ぎるほどの成功を手にしていた私だったが、いまは不安に怯《おび》えていた。できればこのまま車の窓を開けずに、サインを求めてきた女性をやり過ごしたかった。

「ずっと応援していました。お願いします」

若い女性は、首を少し傾《かし》げて屈託《くったく》のない笑顔で言った。

私はしばらく悩んでいたが、窓を開けた。

自分のデビュー作にサインをして返すと、女性は感動しながら何度もありがとうと言って頭を下げた。

私は窓を閉めて、隣に置いていた鍔《つば》の広い帽子を目深《まぶか》に被った。

「やあ、待たせたね」

コンビニで煙草を買ってきた担当編集のナオキが運転席に戻ってきた。

百九十近い身長のあるナオキは、ドイツ車がよく似合っていた。

「まだ怯えているのかい？」

ナオキは心配そうな顔でバックミラーに映る私に目線をやった。

今日行われるはずだったサイン会が中止になったときから、私の不安は消えることがない。理由は、私に届いた脅迫状だった。

(執筆活動をやめなければお前を殺す)

そう書かれた手紙が編集部に届いたのだ。

「ただのいたずらだよ。気にすることはない」

運転席のナオキが言った。

私はシートに置いていたタブレット端末を取って、言いたいことを打ち込み、それをナオキに見せた。

（やはり小説を書くべきじゃなかった）

発語障害のある私はこういうやり方で他人と会話する。手話も出来るが、タブレットの方が便利だった。

ナオキは何度も首を振って否定した。

「君には才能がある。たくさんの人が君の作品を待っているんだ。偏見《へんけん》なんていまになくなるさ」

（私の名前を隠して本を出版したらきっと売れないよ）

私は自分の作家としての実力に自信を持てないでいた。

メディアを使った前宣伝がうまく当たり、私のデビュー作は予約の段階で大ヒットが約束されていた。本の内容が評価されたわけではなく、運良くブームに乗っただけなのではないかと私は思っている。

実際、私の作品は評論家や他の作家からすこぶる評判が悪かった。人気アイドルが片手間に書いた本と同じく、ただ売れているだけで内容は読むに値《あたい》しないと。

嫉妬しているだけだから気にするなとナオキはよく励ましてくれるが、私は自分がただの見世物《みせもの》なのではないかという不安が拭《ぬぐ》えなかった。私の人気はどう考えても異常だった。小説家ではなくアイドルみたいなものだった。そのことを快く思わない者が、今回の脅迫状を送りつけたのだろう。

「読者たちは君の本を読んでいるときは、君のことなんか忘れているんだ。みんなは君じゃなくて、君の本に夢中なんだよ」

（そうだといいけど）

こうやっていちいちタブレットに言いたいことを打ち込まなければならないのも、他の作家を苛立《いらだ》たせる理由の一因なのだと思う。

「でなきゃ映画化の話なんて来ないさ。君は間違いなく偉大な作家なんだ」

ナオキはそう励ましてエンジンをかけると、コンビニの駐車場を出発した。

映画化か。

そうなったらますます人気が加速するんだろうな。

私は嬉しいのか悲しいのかわからなかった。


都内の夜景を一望できる高層階に、私の住む部屋はあった。隣近所には芸能人やベンチャー企業の社長など金持ちばかりが住んでいる。マスコミやファンに連日追われ続ける私のために、セキュリティの行き届いた高級マンションを編集部が用意してくれたのだ。絶えず人の視線を浴びなければならない私にとって、そこは唯一リラックスできる場所だった。私はマンションにいるときが一番好きだったが、嫌なこともあった。無駄に広いリビングに一人佇《たたず》んでいると、自分がただの成金に思えてくる。実力のない人気だけの作家だという疑念がふとした瞬間に襲ってくるのだ。

　私がリビングにいると、ナオキの息子のヒデノリが遊びにきた。体つきがしっかりしていて背の高いところは父親そっくりだった。中学三年のヒデノリは、父親に連れてこられるときもあるし、学校帰りに私のマンションに寄ってくることもある。人目を憚《はばか》るようにして暮らす私にとって、ヒデノリは数少ない友達の一人だった。

「元気がないけどどうしたの」

　座ると体が埋まるようなふかふかのソファに体を預けていた私の隣に、ヒデノリも座った。

（嫌なことがあった）

　私はタブレットを手にして、そう打ち込んだ。

「ベストセラー作家にも悩みなんてあるんだな」

（むしろ悩むことばかりだよ）

「父さんは君のことをいつも絶賛してるよ。完璧な作家だってね」

（ヒデノリは私が完璧な作家に見える？）

「どういうことだよ。あんなに売れまくってるのに、何か不満なの？」

（例えば、私の本は、他の作家が書いた本と変わらない？　私の本を読んでいるとき、ヒデノリは何を考えている？）

私が疑問の視線を投げかけると、ヒデノリは意図を理解したように言った。

「正直に言うと、君の本を読んでいるとき、僕の頭にはずっと君の顔が浮かんでいるよ。登場人物の台詞《せりふ》は全部君が喋っているように聞こえる。父さんはずっと君の話ばかりしてるし、うちじゃ君の本は宝石みたいに扱われてるからな。それに、僕は君と友達だろ？　君のことを忘れながら本を読めって言われても無理だよ」

（変な質問をして悪かったね）

「元気がない理由はそれだったのか」

（いや、私に脅迫状が届いたんだ。執筆をやめろと）

「人気者は大変だな……で、本を書くことをやめるのか」

（しばらくは続けようと思ってる）

「危ない目に遭《あ》ってまで続けることないだろ。やめちゃえよ」

（いや、やめるつもりはないよ）

私はただの見世物なのか、それとも本物の作家なのか、その答えがわかるまで、執筆をやめたくなかった。

寝室のベッドで私はいつものように眠りについていた。ここ最近の仕事の疲れもあってか深い眠りだった。だが、私は忍び寄ってくる不吉な気配に気付いて眠りから醒《さ》めた。私は他人から向けられる殺気に敏感になっていたのかもしれない。上半身を起こして、窓もカーテンも閉め切った暗い室内に目をこらした。この部屋には私以外に誰かいる。脅迫状のことが頭をよぎったとき、私は何者かに鈍器で頭を殴られた。体の強かった私はそれくらいでは致命傷にならなかったが、暗闇の中の人間もそのことを知っていたらしく、何度も追い撃ちをかけてきた。

「僕の忠告を無視したんだ。お前なんか死んで当然だ」

枕元のタブレットを取ろうとしたところを殴られ、私はタブレットと一緒にベッドから転げ落ちた。

床の上を這《は》いずりまわって私は逃げようとする。

「お前を見習えって叱られ続ける僕の気持ちはわからないだろうな。僕がお前より劣っているだと？　ふざけやがって」

後頭部を殴打されて、私は一瞬意識が遠くなった。

「お前なんかより下だなんて。お前なんかより……」

私は誰かに暴力を振るったことは一度もなかった。こんなに恨まれる覚えはない。だが、このとき私は気付いてしまった。人間は自分の身体に危害が及ぶから暴力を振るうのではない。生存には何ら関係のない、自尊心というよくわからないものを傷つけられたときに最も残酷になれるのだと。そのことに気付けなかった私が、人の心に響く本を書けるはずがなかった。

やはり、私は作家ではなく、ただの見世物だったのだ。

「お前なんか殺したって……」

私は床の上にあったタブレットを拾って、薄れゆく意識の中で文字を打ち込んだ。

(すまなかった)

暗闇の中にタブレットを向けると、鬼のような形相をしたヒデノリの顔が浮かび上がった。

ヒデノリは金属バットを頭の後ろに振りかぶりながら、憎悪に満ちた声で言った。

「チンパンジーのくせに、人間の上に立とうとするな」

隣りの黒猫、僕の子猫

堀内公太郎

初出『5分で読める！　ひと駅ストーリー　猫の物語』（宝島社文庫）

「――さっきから妙な音がするんだけど」

ドアを細く開けると、マンションの隣に住む女がいきなりそう言ってきた。

「……なんすか、急に」僕はかすれた声で訊《き》き返す。

土曜の朝六時前だった。早朝にも関わらず、すでに日中の暑さを確約するかのようにムシムシしている。それだけでもうんざりするのに、乱暴なインターフォンで起こされた僕は不機嫌極まりなかった。床に直接寝ていたせいで身体の節々が痛い。

ノーメイクの女の顔に眉毛はなかった。金色の髪は艶《つや》がなく、朝日に照らされると痛んでいるのがよく分かる。夕方の出勤前に見かけると多少は小ギレイに見えるが、明るい中ではずいぶんと老《ふ》けている印象を受けた。

「今朝帰ってからずっと、あんたんちから妙な音が聞こえるんだけど」

ああ、と僕は覚め切らない頭で考えた。「子猫ですよ」と答える。

「子猫？」女が眉をひそめる。「あんた、猫飼い始めたの」と部屋をのぞこうとする。

僕は身体で女の視界を遮《さえぎ》った。

「用はそれだけですか。だったら、帰ってください」とドアを閉めようとする。

「待ちなさいよ」女が急いで口を開いた。「うちのマンションはペット禁止よ」

「よく言いますね」僕は鼻で笑った。「お宅も飼ってるじゃないですか」

女がギクリとしたように肩を震わせた。「……なんの話？」

「お宅の黒猫、ベランダ伝いにしょっちゅううちに来るんですよ」

「ウソ?」女が目を丸くした。

「お宅、この時期、窓開けっ放しでしょ。あの猫、普通に行き来してますから」

あ、と女が声をもらす。「それで……」と納得したようにつぶやいた。

「じゃあ――」僕は再びドアを閉めようとする。

「待って、待って」女があわてたように言った。

「なんですか、もう」僕はうんざりした気持ちで訊き返す。

「あんた、うちの子にエサあげてるでしょ」

「それがなにか」

「やめてくれない?」

僕は目を細めた。「どうしてです」

「迷惑なのよ。うちにはうちのやり方があるんだから」

「やり方ねえ……」僕は冷ややかに女を見つめた。「エサや水を与えずに衰弱させた場合、五十万円以下の罰金だってご存じでしたか」

「……え?」

「覚えておいたほうがいいですよ」僕は女の返事を待たずにドアを閉めた。

「ちょっと!」女の焦った声が聞こえた。「なに適当なこと言ってんの! あたしはそんなことしてないわ！」

女の言葉を無視して、僕は奥の寝室へと向かった。床に放り出したままの六法全書が目に入る。不意に指導教官の小馬鹿にしたセリフを思い出した。

——君さあ、ちゃんと六法、読んでる？

——君の六法って漬物石にしかならないんじゃないの。

腹立ち紛《まぎ》れに、六法全書を蹴り飛ばした。壁にぶつかって落下する。目を閉じて長く息を吐いた。何度か深呼吸をするうちに落ち着いてくる。

ゆっくりと目を開けた。

ベッドには昨日拾ってきた子猫がいる。薄目を開けた顔は寝ぼけているようにも、どこか恨めしそうにも見えた。喉の奥をずっと鳴らしている。

「気分はどうだい」

側に寄って頭をなでた。子猫が嫌がるように身じろぎしたので、少し乱暴にかきむしってやる。毛が柔らかくて気持ちよかった。ところどころ汚れで固まっているが、ちゃんと洗えばキレイになるだろう。

昨夜、コンビニの前にいたところを連れて帰ってきた。腹を空《す》かしていたらしくエサで釣ると簡単についてきたが、食い終わると僕が触れようとしても激しく拒絶した。野良猫は人になつかないと聞くが、まさにそのとおりだった。なんとかおとなしくさせたときには、すでに明け方近くになっていた。

玄関の音はいつしか聞こえなくなっている。女もあきらめたのだろう。

ベランダから猫の鳴き声が聞こえた。窓際に行ってカーテンを開けると、隣りの黒猫がアミ戸に爪を立てている。

僕はアミ戸を開けてやった。黒猫が部屋に入ってくる。ベッドの子猫を見やると、「ニャー」とどこか不機嫌そうに鳴いた。


「くそ！」部屋に戻るなりそう吐き捨てた。「あのガキ、ふざけやがって！」

五十万円以下の罰金――。

猫ごときで馬鹿馬鹿しい。そんな大金、払いたくもない。

しかし、万が一を想像すると背筋が寒くなるのも事実だった。現状で五十万も請求されたら破産するのは間違いない。

三年前までは、勤めている店でもトップスリーに入っていた。月の稼ぎも百万を下ることはなかった。しかし、最近はヘルプでなんとか食い繋《つな》いでいるのが現状だ。

それでも聖也《せいや》から声がかかると、あの店までいそいそと出かけてしまう。そして言われるがままにシャンパンを入れてしまうのだ。以前「お金がない」と言ったときの聖也の視線。あんな目で見られるぐらいなら生活を切り詰めようとあのとき誓った。

節約のため、ここ半年ほどクロにはロクにエサをやっていない。正直、今は大きくなりすぎて愛情もなかった。早く餓死してほしいと願っていたが、隣でエサをもらっていたとは思わなかった。どおりでなかなか痩せていかないはずだ。

「ああ、もう！」

一年前に引っ越してきたとき、挨拶に来た母親から男は有名私大の法学部に通っていると聞かされていた。法律に詳《くわ》しいのはそのせいだろう。見た目は悪くないが、目がよどんでいて見るからに陰険そうな印象だった。

こういうときこそクロを引っ叩《ぱた》いてすっきりしたかったが、先ほどから姿が見当たらない。もしかしたら隣に行っているのかもしれない。

ベランダ伝いに、今も子猫の声が聞こえていた。しかし、鳴き声というより低いうなり声に近い。猫の鳴き方にしては少しおかしな気がした。

そのとき、ふと気づいた。

実は、つけた覚えのない傷がクロについていたことが何度かある。自分が酔ってやったと思っていたが、あの男がクロを傷つけていた可能性はないだろうか。

だとしたら、拾ってきた子猫も虐待しているのかもしれない。

今聞こえている声は、子猫というよりイジメられた猫と言われたほうがしっくりくる。あの男ならそれぐらいはやりそうな気がした。

もしそうだとしたら、あの男の弱みをつかむことができる。

女は足音を忍ばせながらベランダへと向かった。


開け放した窓からは朝の光が差し込んでいた。風が汗ばんだ肌をなでていく。

ベッドでは、黒猫が子猫の顔を丁寧になめていた。まるでいたわるかのようだ。先ほどまで赤黒く汚れていた顔がずいぶんとキレイになっている。

子猫はくすぐったそうに身じろぎしていた。閉じた瞼《まぶた》が細かく震えている。

「おまえは優しいな」僕は黒猫をなでようとした。

次の瞬間、黒猫が僕の手を引っかいた。そのまま威嚇《いかく》するように毛を逆立てる。

僕はぼう然としてしまった。エサを与えていれば、これまでは殴ろうが蹴ろうが抵抗されたことは一度もなかった。どういう風の吹き回しだろう。

僕は黒猫を見据えた。いずれにしろ、逆らう相手にはお仕置きをする必要がある。

僕は床に落ちていた六法全書を拾い上げた。六法にはこういう使い方もあるのだ。

今度、教官にも教えてやろう。

そのとき、ベランダから悲鳴が上がった。

振り向くと、隣の女が青ざめた顔で立っていた。震える手でベッドを指差す。

「そ、それって……」

僕はベッドを振り返った。

血が飛び散ったシーツの上では僕の子猫が身体を丸めていた。六法全書で殴ったときの出血はすでに止まっていたが、あれ以来、絶えず喉を鳴らし続けている。

「子猫だよ」

手の甲の血をなめると、僕はゆっくりとベランダへ向かった。

「こ、子猫って、あんた……」女が唾《つば》を飲み込む。「頭から血が出てるじゃない！」

「ちょっとしたお仕置きさ」僕はベランダへ出ると肩をすくめた。「せっかく拾ってきたのに、エサだけ食って逃げようとしたからね」

僕が近づくと、女はあわててベランダの手すりによじのぼった。自分の部屋へ逃げ帰ろうとする。僕は六法全書を持ったまま女を追いかけた。

そのとき、僕の横を風のようになにかが通り過ぎていった。

黒猫だった。軽やかに飛び上がると、蹴りつけるように女に身体をぶつける。

「あ――」

女がバランスをくずした。手すりの向こうに姿が消える。

乗り出してのぞくと、女が手足を広げて一階の地面に倒れていた。じわじわと周囲に血が広がっていく。五階から落下したのだ。さすがに助からないだろう。

馬鹿な女だと僕はほくそ笑んだ。猫を虐待した女にふさわしい最期だ。

「やるじゃないか」僕は足元の黒猫を見下ろした。

その瞬間、黒猫が今度は僕に飛びかかってきた。不意を突かれてよけることができない。爪が顔面に食い込んだ。あまりの痛さに悲鳴を上げてしまう。

「や、やめろ！」

手を振り回しながらよろめいた。背中が手すりに当たる。振り上げた六法全書の重さにバランスをくずして、後ろ向きに身体が一回転した。落下を感じたのと同時に、必死で手すりをつかむ。放りだした六法全書が地面に激突する音が聞こえた。

見上げると、黒猫が手すりに立っていた。あくびをすると、真っ赤な口の中がむき出しになる。そして、後ろを振り返って「ニャー」と鳴いた。

黒猫の視線の先に現れたのは僕の子猫だった。顔のところどころにはまだ乾いた血が残っている。喉からは相変わらず空気の抜けるような音が聞こえていた。

僕の子猫が黒猫を抱き上げる。

徐々に手がしびれてきた。腕だけで身体を支えるのがツラくなってくる。

「た、助けてくれ……」

僕の子猫——金髪を二つに結わえた少女——はなにも答えなかった。無表情のまま静かに僕を見下ろしている。僕が力尽きるのを待っているのかもしれない。

その胸元で黒猫がもう一度、「ニャー」と鳴いた。

柿　友井羊

初出『「このミステリーがすごい！」大賞10周年記念　10分間ミステリー』（宝島社文庫）

「思い出すわ」

庭に生《な》った柿を眺めながら、英恵《はなえ》は嬉《うれ》しそうに顔を綻《ほころ》ばせた。私は妻の隣に腰を下ろして、縁側《えんがわ》から丸々とした朱色の果実を見詰《みつ》めた。

「何をだ？」

「都合の悪いことは、すぐに忘れるのね。私とあなたの出逢《あ》いじゃないの」

目尻に深い皺《しわ》が刻まれているが、無邪気な笑顔は少女のようだった。かつての英恵の家には大きな柿の木があり、勝手に盗んだ不届き者の小僧がいた。それが二人の馴《な》れ初《そ》めだった。私は苦い顔をして、ぶっきらぼうに応えた。

「そんなこともあったな」

「なぜ柿を取ったのか、ずっと後に理由を教えてくれたわね」

私は目を伏せて、小さく息をついた。遠くから鴉《からす》の鳴き声がした。今日は生ごみの日だ。収集車が来る前に、何処《どこ》かを荒らしているのだろう。

「鳥に盗《と》られたら、口惜《くや》しいだろう」

ふと隣を見ると、英恵はまぶたを下ろしていた。時折、妻は不意に眠りにつく。不安になり口に手をかざすと、かすかな吐息が手の平を湿らせた。

英恵を抱え、布団まで運ぶ。ここ数年ですっかり軽くなった。私も老いで衰え、運ぶだけで難儀《なんぎ》した。

昼前に英恵は目を開けた。

「何か飲むか」

訊《たず》ねると、英恵は遠い眼差しで頷《うなず》いた。台所で湯を沸かし、緑茶を淹《い》れる。盆にのせて運んで差し出す。すると英恵は、不満そうに眉間に皺を寄せた。

「本当にあなたは忘れっぽいわ。緑茶が苦手なこと、前に話したのに」

湯のみの底で、細かい茶葉が澱《おり》になっていた。

「うっかりしていた。別のものを用意しよう」

「いいわ。それより、そばにいて。なぜだかとても不安で」

英恵の手を握ると、険しい表情はすぐに和らいだ。七十余年の歳月が互いの肌に刻まれていた。英恵の瞳は薄く開かれていて、光はゆっくりと弱々しいものに変わっていった。

「ありがとう、進太郎《しんたろう》さん」

それだけ告げて、英恵は再び眠りについた。

空いた手で温《ぬる》くなった緑茶を啜《すす》る。私の好物である知覧《ちらん》産の玉露だった。

一羽の鴉が木に止まり、枝を揺らした。柿が千切れ、地面に落ちる。熟した果実は土の上で潰れた。濃密な香りが、部屋まで届くように感じられた。

妻は脳の病《やまい》を患《わずら》っていた。今では一日の大半を眠る。たとえ意識があっても、記憶が混濁していた。

英恵は今、美しい思い出の中のみで生きている。語られる言葉は全て、若き日の出来事ばかりだ。もう長くないと医者から告げられている。私は何も云《い》わず、寄り添うことを選んだ。


「ひどい家ね。今にも壊れそう」

祖父母の終《つい》の住処《すみか》を見て、孫の英里香《えりか》は不機嫌そうにこぼした。夕焼けの太陽が西に沈もうとしていた。手に提げた紙袋には、柿の葉茶が入っていた。

「頼まれたから買ってきたけど、こんなの誰が飲むのよ」

「英恵が好きなんだ。緑茶は苦手らしい」

「そうなの？」

英里香が目を丸くさせた。きっと身内の誰もが同じ反応をするだろう。

「あの人は、変わらずにあのままなの？」

朽ちかけた平屋を睨《にら》んで、英里香が云った。英恵は昼すぎからずっと、寝室で横になっている。頷《うなず》くと、英里香は顔を顰《しか》めた。

「お祖母《ばあ》ちゃんが、あんな人だと思わなかった」

此処《ここ》に越すことに最も反対したのが英里香だった。しかし近所に住む親類が他におらず、何かと世話をしてもらっていた。

私が何も云わずにいると、英里香は唇を噛《か》んで、すぐに帰ってしまった。

孫が消えた後で、私はその場にうずくまった。何度も咳き込んでから、草むらに痰《たん》を吐いた。鮮やかな赤色が雑草にへばりついた。

家に入ると、英恵が箪笥《たんす》を漁《あさ》っていた。

「何をしている」

私を見止《みと》めると、英恵が胸に飛び込んできた。顔を押し付けて、さめざめと涙を流す。服越しに、私の背中へ爪が立てられた。

「あなたを追って、町を出ようと思ったの。こんな家など、もううんざりよ」

英恵の実家は近隣の機織物《はたおりもの》を一手に牛耳《ぎゅうじ》る豪商だった。そこの箱入り娘が、下働きの男の息子と恋に落ちた。身分違いの純愛に、家族はひどく反対した。遥《はる》か、六十年前の出来事だ。

「釣り合う男になるなんて、望まぬともよかったのに。側《そば》にいてくれれば、それで充分なのだから」

「すまなかった」

細い肩を抱き、ゆっくりと髪を撫《な》でる。出会ったときは、漆塗りのように艶《つや》やかだった。今ではすっかり色が落ち、窓から入る日差しで朱《しゅ》に染められていた。

顔を上げた英恵は、穏やかな微笑を浮かべていた。残された時間はもうない。だがそれと同じくらいに、私にも先がなかった。たとえ全身が癌《がん》に蝕《むしば》まれようと、妻より先に逝《い》くわけにはいかなかった。

「あの日も、今みたいな満月だったわ」

夕刻に眠りについた妻は、夜中に意識を取り戻した。縁側に並んで座ると、十五夜の月が浮かんでいた。濃い山吹色《やまぶきいろ》は、熟し切る前の柿に似ていた。

「あなたは私の前からいなくなった。その間に縁談は進んで、私は嫁ぐことになった」

鈴虫の鳴く中、英恵は責めるように唇を尖《とが》らせた。秋夜の風は冷たく、私は柿の葉茶を用意した。湯呑《ゆの》みから湯気が立ち上《のぼ》る。口をつけると、英恵は幸せそうに目を細めた。

「相手の方はとても良い人だった。誰もが私たちを祝福してくれたわ」

風が強く吹き、柿の木の枝を揺らす。葉がこすれて、ざわめきを奏でた。英恵は私の肩に頭を傾《かし》がせた。

「あなたが柿の実を盗んだ理由。それは私の家と同じ木を庭に生やすため。私があなたを知る前から、ずっと私を愛してくれていたのね」

灰色の雲が流れて月を隠し、辺りが急に暗くなる。にわかに息づかいが弱まった。英恵が目を閉じると、肩にかかる重さが増した。

「進太郎さんは結婚式に、私を攫《さら》いに来てくれた。本当に嬉しかった……」

英恵はそのまま黙ってしまう。風は止み、鈴虫の声も消え失せた。小さな吐息を逃さぬよう、私は耳を澄ませた。

商売を広げる為に、双方の家が望んだ式だった。そこに男が突然押しかけて、場は騒然となった。あの日のことは、今でも鮮明に覚えている。

間近《まぢか》にある妻の頬をそっと撫でる。あの時英恵が下した決断には、どれ程の覚悟が必要だったのだろう。刻まれた皺の全てを恋しく思った。

届かないと知りながら、私は英恵に告げる。

「お前と過ごした日々は、心から幸せだった」

仕事は順調に進み、子や孫にも恵まれた。英恵は良き伴侶《はんりょ》として、ずっと隣で支えてくれた。常に夫を立て、愚痴《ぐち》一つこぼさなかった。凛《りん》とした佇《たたず》まいは、今にして思えば張り詰めた糸にも似ていた。

「それなのに私は、お前が緑茶を苦手なことさえ知らなかった。私に合わせて、ずっと我慢をしていたのだな」

夫が好む緑茶を、顔色一つ変えずに飲んでいた。身内の誰もが、英恵は緑茶を好きだと思っているだろう。

息子に会社を譲り、妻と余生を過ごそうとした。その矢先に夫婦して病に罹《かか》った。英恵はあらゆることを忘れていき、遂には過去だけに生きるようになった。

今の英恵は、私の知らない顔をしている。少女のように喜怒哀楽が変わりながら、表情はいつでも満ち足りていた。

「思い返せば、あたたかな言葉をかけたことなど一度もなかったな」

刺すような痛みが胸を襲い、漏れそうになる声を押し殺した。

私はある男を探した。だがすでに他界しており、住まいだけがわかった。男はずっと独り身で、庭には一本の柿の木があった。私は妻と共に、その家で暮らすことにした。

柿の木は寿命が近づき、肌が朽ちかけていた。この木が生まれたのは六十余年前のことだ。身分違いの少女に焦がれた少年が、せめてもと願った恋慕《れんぼ》の果実から芽生えたのだ。

「結婚式の日に、お前は私を選んだ」

群青の空を見上げて、深く息を吐いた。身体がひどく重かった。薄雲の向こうで、月の輪郭がぼんやりと浮かび上がっている。

互いの手のひらを重ね合わせるが、妻は応えない。落ちた柿は鳥に食われることなく、熟れた匂いを漂わせていた。

「だが胸の奥ではずっと、進太郎という男を想い続けていたのだな」

病の進行した英恵は、ある日を境《さかい》に進太郎という名ばかりを呼び始めた。それは式に現れた男の名だった。

結婚式当日のことだ。乱入してきた男は、私の妻となる人の名を叫んだ。だが白無《しろむ》垢《く》を着た英恵は、男から顔を背《そむ》けた。決意はきっと、家の為だったに違いない。

「私はお前の最愛ではないのだろう。それでも、お前を一番に愛していたよ」

昏《くら》い雲が掻《か》き消え、丸い月が再び顔を出した。縁側が鈍い光に照らされる。示し合わせたように、鈴虫が一際《ひときわ》大きく鳴き始めた。

そのときだった。英恵が私の手を握り返した。

「私も、愛していますよ。――さん」

妻が口にした名前に、私は目を見開いた。しばし茫然《ぼうぜん》としてから、私は柔らかく微笑む。互いの吐息が重なり、其《そ》れから静かに弱まっていく。

英恵が目を閉じたのを見届けて、私もまぶたを下ろした。柿色の月は滑り落ちることなく、いつまでも私たちの頭上で輝いていた。

アンゲリカのクリスマスローズ　中山七里

初出『5分で読める！　ひと駅ストーリー　冬の記憶・東口編』（宝島社文庫）

彼女の眠る場所は古びた墓地の奥にあった。

わたしは献花を携《たずさ》えてそこに向かう。何か思い悩んだ時、あるいは喧騒から逃れたい時、わたしはしばしばここを訪れるようになっていた。

雪で薄化粧を施された墓石の周りに、薄紫のクリスマスローズが顔を覗かせていた。クリスマスローズは別名雪起こしとも呼ばれる。冬枯れの大地の中から雪を持ち上げるようにして花を咲かせるからだ。男のわたしがこんな知識を得たのも、元はといえば愛する女性が殊《こと》のほか、この花を気に入っていたからに過ぎない。

我が愛する女性、アンゲリカ。享年二十三歳。

ああ、何という若さのうちに彼女は逝《い》ってしまったのだろう。残されたわたしは今年で五十過ぎだというのに。

アンゲリカ――いや、彼女の前ならニックネームのゲリと呼んでも構わないだろう――ゲリがこの世を去ってからもう九年も経《た》つというのに、わたしは一日足りとて彼女を忘れたことはなかった。彼女を初めて見た時の衝撃と憧憬《どうけい》と同様に。

ゲリはわたしの姉アンゲラの娘だった。八歳の時に父親が亡くなり、その後アンゲラの女手《おんなで》一つで育てられた。アンゲラとわたしが異母姉弟という事情もあり、ゲリと初めて会ったのは彼女が十四歳の時だった。

天真爛漫《てんしんらんまん》というのはまさしく彼女のためにある言葉だと思った。相手が大人だろうが目上の人間だろうが、思ったことを遠慮なく口にする。どこまでも自由奔放で、彼女の言動を止められる者は誰もいなかった。その癖、誰からも愛され、賑わいの中心にはいつも彼女がいた。彼女が笑うとそれだけで空気が軽やかになるような気がしたのだ。

行動的な性格で、よく映画やショッピングに出掛けた。だが、決して華美なものを好んだ訳ではなく、服装は大抵プリーツスカートに白ブラウスという楚々《そそ》とした出《い》で立ちだった。そんな秘められた慎ましさもわたしを惹きつけずにはおかなかった。

一方のわたしといえば、礼儀正しさだけが取り柄の陰気な男だった。貧しい生活に首までどっぷり浸かっていたせいか社交性に乏しく、女性に対して軽口の一つも叩けない。今も尚《なお》五十を過ぎて独り身なのは、偏《ひとえ》にこの性格が災いしている。つまり、わたしとゲリはまるで正反対の性格だったのだ。

だからわたしがゲリに惹かれたのも当然といえた。人間はないものねだりの動物だ。自分に足りないものを無意識のうちに欲する。わたしの目には、ゲリの陽気さと奔放さがまるで太陽のように映ったのだ。だが、わたしに何ができただろう。いくら血が繋がっていないとはいえ、わたしは彼女の叔父であり、しかも二十ほども齢が違うのだ。わたしは狂おしい想いを胸に秘めたまま、彼女の前では優しい叔父として振る舞うしかなかった。

二人の関係が変化したのは、わたしが三十五歳の時だった。当時わたしは大層な罪を犯し、禁固五年の判決を受けて服役していた。この世に牢獄ほど色彩に乏しいところはない。ところが来る日も来る日も灰色の壁を眺め続けていたわたしに、ある日面会者が現れた。

ゲリだった。

彼女は抱えていたクリスマスローズをわたしに手渡した。淡黄色の可憐な花弁だった。

「ずいぶんと大人しい花だね」

「迷ったけど、わたしの好きな花だったから……それに、今の叔父さまに一番合っていると思ったから」

「今のわたしに？」

「クリスマスローズは冬の寒さに耐え忍んで花を咲かせるの。だから不屈の精神を表わす象徴という人もいるのよ」

不屈の精神。

それを聞いた刹那《せつな》、朽ちかけていたわたしの内部に火が点《とも》った。単純なものだ。希望のひと欠片《かけら》さえあれば、人は闘う理由を見つけられる。

「この場合負けるなということは、無事に刑期を終えて出て来いという意味になるよ」

「わたし、待っています」

「叔父さまがここから出られる日まで、ずっと待っていますす」

「え？」

ゲリは格子の隙間から私の手を強く握ってくれた。小さくて温《ぬく》もりのある手。それがどれほど嬉しく、そしてどれだけ危険な誘惑であるのか、わたしも知らなかった訳ではない。だが目の前で、己《おのれ》の太陽と賛美した女性が微笑みかけているのだ。そんな誘惑に勝てるのは偏屈な聖職者くらいのものだろう。そしてわたしは宗教には無縁の人間だった。

「それは契《ちぎ》りと受け取ってよいのだろうか」

「叔父さまさえよろしければ」

それが合図だった。わたしたちはどちらかともなく顔を近づけ、唇を重ねた。

出所後、アンゲラがわたしの身の回りを世話するようになったため、ゲリとの距離は物理的にも縮まった。

わたしの気持ちを確認したゲリは大胆になり、ゲリの気持ちを知ったわたしは有頂天になった。一つ屋根の下で燃え上がった情熱は二人の肉体を爛《ただ》れさせるには充分で、昼夜を問わずわたしたちは交わった。今にして思えばゲリの母親もそれを黙認していたフシがある。昔からわたしは外敵にはともかく、身内からはいつも寵愛されてきたのだ。わたしの一族は純血ということに寛容で、しかも誇りさえ持っていた。最愛の女性を抱くことがこれほどの愉悦だとは想像すらしなかった。誓ってもいい。現在に至るまでわたしが生涯で本当に情熱を掻き立てさせられたのは、唯一ゲリだけだったのだ。

ゲリを得たわたしは無敵だった。以前から続けていた仕事を一挙に拡大し、わたしは間もなく重要人物として扱われるようになった。日々は多忙を極め、わたしは二人分三人分どころか一個小隊分の仕事をこなさなければならなくなった。外に愛人ができたのもその頃だ。英雄は色を好むというのは本当で、仕事が順調であればあるほどわたしの本能は女性を欲した。

そんなわたしの変心をゲリが気づかないはずもなく、次第に彼女は不満を募《つの》らせ始めた。一人で外出することが多くなり、陽気でしかなかった顔に影が差すようになった。共に暮らしているとはいえ、正式に結婚している訳ではない。ゲリが散財しようが、外を遊び歩こうが、わたしにできるのは叔父としての叱責だけだった。だが、わたしの罪悪感を見透かしていたゲリは叱責を冷笑で返すようになった。

そして悲劇が起きた。

ゲリが凌辱されたのだ。

相手はゲリが軽い気持ちで（そうに決まっている）付き合っていたアンドレイとい

う外国人で、芸術家くずれのくだらないチンピラだった。しかも悪いことは重なるもので、こともあろうにゲリはその男の子供を身籠ってしまった。

災禍は連鎖する。妊娠の事実を知らされたゲリは傷心のまま徒《いたずら》に時を過ごしていた。わたしの留守中に手紙が届いたのは、ちょうどそんな時だった。運命の悪戯《いたずら》だとしか言いようがない。届いた手紙は愛人がわたしに宛てたラブレターだったのだ。

開封して読み終えるなり、ゲリは手紙を四つに破り捨てた。そして思い詰めた表情で自室に閉じ籠もった。家政婦には誰も部屋に入れるなと言い残して。

ゲリの死体が発見されたのは翌朝のことだった。ゲリは布で包んだ銃を口に咥《くわ》えて発砲していた。わたしが家に駆けつけた時には、警察が死体を運び出した後だった。

わたしは三日三晩煩悶し、世界を呪った。

そして四日目の夜、世界よりも先にアンドレイを憎むのが先決であることに気がついた。全ての元凶はあの男だ。あの男を屠《ほふ》らない限り、ゲリとわたしは永遠に安寧を得ることができない。しかし既にアンドレイは母国に逃げ帰った後で、わたしの手の届かないところにいた。

わたしは更《さら》に苦悶した。いかなる重要人物であろうと人一人殺せば罪になる。それではわたしの事業が継続できなくなってしまう。

そこで一計を案じた。ヒントを与えてくれたのは一冊の推理小説だ。イギリスのク